Fanny Müller
Für Katastrophen ist man nie zu alt

Fanny Müller lebt im Schanzenviertel, dem Kreuzberg Hamburgs, umgeben von Altenheimen, Punks und deren Hunden, die alberne Namen tragen – auch die Herrchen. Sie arbeitet halbtags in der Erwachsenenbildung und widmet sich den anderen halben Tag dem Kolumnenschreiben. Ihre Lieblingslektüre sind bescheuerte Leserbriefe, besonders wenn deren Schreiber drohen, ihr Abonnement wegen der Texte von Fanny Müller zu kündigen. Diese sind in unzähligen Anthologien und in vielen deutschen und schweizer Zeitungen erschienen, wie *Weltwoche, taz, Brigitte, Stern, Frankfurter Rundschau, Spiegel special, Jungle World, Titanic* u.a.
Bücher von Fanny Müller: »Geschichten von Frau K.«, »Mein Keks gehört mir«, »Das fehlte noch«. Zusammen mit Susanne Fischer: »Stadt Land Mord«.

Edition
TIAMAT
Deutsche Erstveröffentlichung
Herausgeber:
Klaus Bittermann
1. Auflage: Berlin, 2003

Grimmstr. 26 — 10967 Berlin
Druck und Bindung: Fuldaer Verlagsanstalt
Buchumschlag unter Verwendung eines Bildes von
F.W. Bernstein
ISBN: 3-89320-064-9

Fanny Müller

Für Katastrophen ist man nie zu alt

**Neunundsiebzig
Glossen, Miniaturen, Kurzgeschichten**

**Critica
Diabolis
112**

**Edition
TIAMAT**

Für die Nichten

INHALT

Bommi und Prosecco

Da sitzt man im sommerlichen Garten herum, nämlich Birgitta und ich, schlürft einen Eistee nach dem anderen – kann auch Prosecco gewesen sein – und spricht schleppend über dies und das und kommt dann auf das beliebte Thema »Böse alte Zeit« – Dinge, Gewohnheiten, Getränke, die aus unserem Leben und damit vielleicht überhaupt auf immer und ewig verschwunden sind. Beispielsweise Bommerlunder mit Pflaume, was in unserer Jugend ein beliebter Komastoff war und Bommipflaume hieß. Weg. Gibt's nicht mehr. Ende. Obwohl es nach wie vor Bommerlunder gibt und Pflaumen auch. Damals verbrachten wir unsere Wochenenden vorzugsweise auf Zusammenkünften, auf denen Salzstangen gereicht wurden. Und Fischli genanntes Essmaterial, das gleichzeitig scheußlich und nach nichts schmeckte. »Nudelsalat«, wirft Birgitta ein. Ja, Nudelsalat gab es auf den gehobeneren Veranstaltungen, und der ist ebenso ausgestorben wie Buttercremetorten und Herrentäschchen, die mann am kleinen Finger baumeln ließ und die bei Tchibo günstig zu erwerben waren. Auf welchem Friedhof, wenn nicht auf dem der Erinnerung, sind alle diese Dinge eigentlich begraben? »Bettumrannung«, nuschelt Birgitta, die heute eine Einwort-Konversation führt. Genau! Bettumrandungen und Frisiertische mit dreiteiligem Spiegel und einem rosa gerüschten Hockerchen. Im Verein mit Blumenschalen, die makramee umhüllt vorm Fenster hingen, während auf dem gläsernen Couchtisch ein Ikebana-Arrangement die Wohnkultur zum Kochen brachte. Alles dahin. Wie Fernsehtruhen. Fernsehen gab es nur im Zusammenhang mit Truhen, und das bringt uns darauf, dass Collies ebenfalls aus der Mode gekommen sind. Die wiederum gab es nur im Zusammenhang mit kleinen Jungs, und wo sind die geblieben? Na ja, die sind jetzt 1,80 m und müssen sich schon lange rasieren. Schon *sehr* lange.

»Aussteuer«, murmelt Birgitta. Das war wirklich schrecklich. Nie bekam man was Vernünftiges zum Geburtstag. Immer nur Handtücher, Bettwäsche und Silberbesteck, das sich heute schwarz angelaufen irgendwo in einer Schublade herumwälzt. »Eisbären«, höre ich Birgitta sagen. Eisbären? Wiewas – ach so – Babies auf Eisbärfellen – worauf werden die heute eigentlich gelegt, wenn man sie fotografiert? Birgitta: »Jutesäcke«. Wenn das mal stimmt.

»Autos«, lautet Birgittas nächster Beitrag. Ach Gott ja, Autos sahen noch aus wie Autos, selbst ich konnte auf 100 Meter die Marken unterscheiden. Müsste ich heute als Zeugin eine Aussage machen, wäre ich rettungslos verloren. Der einzige Wagen, den ich korrekt identifizieren könnte, der Smart, ist aber gar keiner, sondern in Wirklichkeit ein I-Mac auf Rädern.

»Und Papas«, gibt Birgitta jetzt zum ersten Mal zwei Worte zum besten. Das ist wahr. Väter wurden nicht Paul oder Theo genannt, sondern Papa, allenfalls Vati, manchmal sogar von der eigenen Frau. Und was die konnten! Zellophanpapier um einen Kamm wickeln und bekannte Volksweisen darauf blasen. Das möchte man wirklich nicht noch einmal erleben. Oder doch? Bloß nicht sentimental werden. Daran ist nur der Eistee schuld. By the way – was unsere Kinder später wohl in sich hineinschütten werden, während sie über Prosecco lästern? – Soll nicht unser Problem sein. Prost.

Dorfkino

Meine Familie war in der Filmfrage völlig uneins. Opa und ich liebten Filme, meine Eltern gingen ins Kino, weil sonst nichts los war, während Oma der Filmbranche ablehnend gegenüberstand. Sie äußerte sich dahingehend, dass die Leute nur auf dumme Gedanken kämen; beispielsweise sei Küssen auf dem Lande früher völlig unbekannt gewesen und eine brotlose Kunst, und jetzt stünden die Knechte und Mägde herum und knutschten sich ab statt zu arbeiten.

Oma fand Sexualität ein notwendiges Übel und hatte ein ausgeprägtes, wenn auch nicht gerade fortschrittliches Klassenbewusstsein.

Einmal im Monat, am Sonnabend Mittag, kam in einem graublauen Lieferwagen der Filmmann ins Dorf. Im kalten Saal der Gaststätte, nur ein bisschen erwärmt durch die rechts und links eingebauten Kuhställe, gab es nachmittags einen Kinderfilm und abends einen für Erwachsene, mit anschließendem Tanz. Was für Filme gezeigt wurden, war egal. Wenn es schon grönländische Underground-Filme gegeben hätte, wäre man dort auch hinmarschiert. Die Filme hießen meistens »Grün ist die Heide« oder »Die Dritte von rechts«. Mein erster Film war »Das Dschungelbuch«, in einer alten amerikanischen Fassung. Danach bekam ich Alpträume wegen des Waldbrandes, und meine Eltern entschieden, dass ich das nächste Mal mit Opa hingehen sollte. Opa und ich weinten gemeinsam über das Schicksal von Bambis Mutter (obwohl Opa Ortsgruppenleiter gewesen war, oder auch weil, hatte er nahe am Wasser gebaut), und meistens hielt er mir die Augen zu, weil da auch ein Waldbrand drin vorkam. Draußen standen schon die Erwachsenen und warteten auf Sonja Ziemann und Rudolf Prack. Veronika, die Tochter des Schlachters –

der Vater hieß Amandus und war auch für die Schulspeisung verantwortlich – trug ihr Ballkleid auf einem Bügel vor sich her, damit jeder, auch wenn er den anschließenden Ball nicht besuchte, neidisch werden konnte. Das Kleid war lang und hatte einen sehr weiten Rock. Es heiße »Nju Luck«, sagten die Frauen, die alle nur ihre kurzen Kriegskleider hatten oder umgearbeitete Brautkleider. Sie sagten außerdem, dass Veronika ein sowohl leichtes als auch spätes Mädchen sei (sie war 28) und wahrscheinlich ein Techtelmechtel mit einem Verheirateten hätte.

Wenn ich heute in einem Kino sitze, wo es warm ist, wo die Lichter langsam ausgehen, wo die Leute ganz normal angezogen sind und wo mitten im Film keine Kühe anfangen zu brüllen, dann denke ich immer, dass irgendwas nicht ganz richtig ist.

Mit Opa in die Pilze

Im Herbst, manchmal aber auch schon in den letzten Wochen der Sommerferien, wenn sie erst spät begonnen hatten, ging es mit Opa in die Pilze. Opa war Volksschullehrer gewesen und gleichzeitig Imker und Organist, eine Ämtervielfalt, die auf dem Lande nicht ungewöhnlich ist. Während einer gewissen Zeit war es leider auch nicht ungewöhnlich gewesen, dass der Lehrer das Amt eines stellvertretenden Ortsgruppenleiters bekleidete. Ein Posten, der Opa in relativer Unschuld beließ, denn auf den armen Dörfern der Geest – unseres hatte 300 Einwohner – gab es keine Juden, die geistig Armen wurden mit dem Fegen der Scheunen beschäftigt, und Versammlungen blieb er fern, er war ja nur »Stellvertretender«. Sagt Oma. Doch davon soll hier nicht die Rede sein. Nur so viel, dass er seine Entnazifizierung im Lüneburgischen sehr genossen haben soll. Dort lernte er von einem ostpreußischen PG essbare und giftige Pilze voneinander zu unterscheiden.

Seine Kenntnisse gab er an meine Schwestern und mich erst dann weiter, als es ihm mehrfach im Wald passiert war, dass junge Frauen, die auch auf der Suche nach Essbarem waren – umsonst und draußen – energisch ihre kleinen Kinder an die Hand genommen und den Bäumen verkündet hatten, dass »Papa dahinten« sei. Opa bot nicht den Anblick, den man damals von pensionierten Lehrern gewohnt war, die für gewöhnlich mit durchgedrücktem Kreuz und in Loden gewandet die Natur abmarschierten, um anhand eines oder mehrerer mitgebrachter Bücher (»Was blüht denn da?«) schlechte Noten zu verteilen. Opa war klein und dunkelhäutig und hatte mit 86 Jahren noch pechschwarze Haare. Eine krumme Nase, ein krummer Rücken; Hose und Joppe, die bei der Erschaffung der Welt schon dabei gewesen waren, vervollständigten das Bild eines »Zigeuners«, bei dessen Erscheinen man schleunigst die Wäsche von der Leine holte. Tatsächlich war sein Vater ein uneheliches Kind gewesen und dessen Erzeuger ein fahrender Scherenschleifer. So wurde in der Familie gemunkelt. Diese Einzelheiten tauchten im Ariernachweis aber nicht auf, weil Opa den gefälscht hatte. Er mogelte auch bei Kreuzworträtseln. Und ging sowieso davon aus, dass ihm nichts passierte und er immer recht hatte. Selbst die Sache mit seinem Auto und dem Führerschein in den Dreißiger Jahren hatte ihn nicht vom Gegenteil überzeugen können. Doch das ist eine andere Geschichte.

Diese Charakterzüge Opas waren sowohl Oma als auch unserer Mutter natürlich bekannt. Deshalb schärften sie uns Kindern ein, alle Pilze vollständig und nicht nur die Hüte mitzubringen und auf gar keinen Fall solche von weißer Farbe, weil das hätten Knollenblätterpilze sein können. Oma hatte sich irgendwo ein altes

Pilzbuch verschafft und verglich sorgfältig die abgebildeten Pilze mit den von uns heimgebrachten. Da blieb dann oft nicht viel von unseren übervollen Körben übrig, und die schönsten, so fanden wir, wurden einfach weggeschmissen.

Nie die Pfifferlinge, die waren unverwechselbar, und selbst die »falschen Pfifferlinge« essbar, wie Oma dem Pilzbuch entnahm. Doch die fanden wir nicht oft, häufiger schon Schweinsohren oder Herbsttrompeten, »die dem Pfifferling an Wohlgeschmack nur wenig nachstehen«, wie es im Pilzbuch hieß. Ebenso gern wie der Pfifferling versteckte sich der Steinpilz, aber auf dem Rückweg vom Wald fanden wir manchmal am Rande der sandigen, von Birken gesäumten Wege Birkenpilze, Maronen, Rotkappen und andere Röhrlinge, von denen Mutter immer ein kleines Stück abbiss, um zu prüfen, ob nicht etwa ein Gallenpilz dabei sei, der die gesamte Mahlzeit versaut hätte. Diese Pilzmahlzeiten! Mit Speck und Zwiebeln und einem kleinen Schuss Sahne, der oben von der Milchkanne abgeschöpft wurde. Und dann Petersilie drüber gestreut! »Und alles umsonst!« betonte Opa, der ja nicht nur in Armut, sondern daraus folgend mehr als sparsam aufgewachsen war, auch wenn Oma nicht »sparsam«, sondern »knickerig« dazu sagte. Ökonomische Fragen kümmerten uns Kinder nicht. Pilzsuche war Abenteuer! Und besonders spannend auch noch deshalb, weil »der Feind« uns auf den Fersen war. Der Förster nämlich pflegte den Wald zu durchstreifen, um nach Verbrechern Ausschau zu halten, die keinen Schein vorzuweisen hatten, der sie zur Pilzsuche berechtigte. Wenn Zweige knackten oder fremde Schritte zu hören waren, lagen wir platt im Unterholz und hielten den Atem an. Das stellte jedes Räuber- und Gendarmspiel weit in den Schatten. Dass der Förster uns wohl kaum verhaftet hätte – schließlich war er bei Opa in die Schule gegangen wie der Rest der Dorfbevölkerung auch –, kam uns nicht in den Sinn. Und Opa klärte uns glücklicherweise und vielleicht auch absichtlich nicht über diese Zusammenhänge auf.

Die Vorbereitungen für unsere Ausflüge waren umständlich. Jedes Kind bekam einen kleinen Korb, dann wurden Margarinebrote, bestreut mit Zucker, in Zeitungspapier eingewickelt; alte Flaschen mit einer Mischung aus Apfelsaft und Wasser gefüllt oder – ganz toll! – mit »Kindersekt«, einem Getränk, das meine Mutter aus Holunderblüten selbst herstellte. Alte Schälmesser wurden auf ihre Schärfe hin – »bloß nicht zu scharf!« – geprüft und mit Ermahnungen, ja aufzupassen, an uns verteilt. Dann holte Opa sein Fahrrad heraus, das er aber schob, damit wir später die vollen Körbe daran hängen konnten. Kinder besaßen zu jener Zeit keine Fahrräder.

Im nahe gelegenen Staatsforst angekommen, wurden das Fahrrad und die Butterbrote am Rande einer Lichtung versteckt, und dann schwärmten wir aus. Opa fand nicht so viele Pilze wie wir, die wir »mit glänzenden Augen und roten Wangen«, wie ich annehme, in die Schonungen krochen, im Gebüsch herumstocherten, Gräben entlang robbten und ganz allgemein eine Geduld und Emsigkeit an den Tag legten, die wir für unsere Schularbeiten nicht aufbrachten, wie Oma häufig betonte. Eines Tages fanden wir einen Riesenbovist, den Mutter dann in Scheiben schnitt, panierte und als »Beamtenkotelett« auf den Tisch brachte.

Waren unsere Körbe voll oder ließ es sich absehen, dass sie nicht mehr voll werden würden, begann das Picknick. Die Hauptattraktion dabei bestand nicht im Verzehr der »Butterbrote«, die traditionell so hießen, obwohl keine Butter im Spiel war, sondern in der Geschichte, die Opa jetzt erzählen musste. Er langweilte uns nie mit Vorträgen über Tiere, Pflanzen und Bäume, die der Wald ja auch noch zu bieten hatte – die kannten wir sowieso. Seine pädagogischen Intentionen, wenn er denn je welche gehabt haben sollte, hatten sich mit dem

Ende seiner Dienstzeit vollkommen verflüchtigt. Bei diesen Geschichten handelte es sich vielmehr um Märchen, genauer gesagt, um ein einziges Märchen, nämlich um das Grimmsche »Schneeweißchen und Rosenrot«, allerdings in abenteuerlichen Variationen. Da wir drei Schwestern waren, spielte ein gewisses »Blauäugelein« die dritte tragende Rolle, bei dessen Erwähnung meine jüngste Schwester, die entgegen den sonstigen Gewohnheiten in der Familie blaue Augen hatte, stolze Blicke um sich warf. Mal waren die drei Schwestern Königstöchter, mal Kinder armer Köhler. Doch konnten ihre Eltern auch Besitzer eines Gemischtwaren-Ladens oder in Übersee verschollen sein. Am liebsten war uns die Variante mit den Fahrrädern: »Und es begab sich, dass Schneeweißchen, Rosenrot und Blauäugelein mit ihren Fahrrädern in die Pilze fuhren und im Wald auf drei verzauberte Pilze ... äh, Prinzen trafen...«

Dass hie und da auch Radios, Schwimmbäder, die Bundeswehr und Fußballspieler auftauchten, störte uns nicht.

Entgegen unseren Befürchtungen, dass die Kinderzeit endlos und wir nie erwachsen sein würden, um dann die sensationellsten Geschichten selbst zu erleben, wurden wir doch älter und verließen das Dorf. Es wurde dann doch nicht so spannend, und Geschichten, die andere Männer uns erzählten, kannten wir bald rauf wie runter, denn es waren immer dieselben.

Als wir aus dem Haus waren, ging Opa nicht mehr in die Pilze. Auch er war älter geworden, noch kleiner und krummer, und starb. Überall auf dem Friedhof und auch an seinem Grab wachsen Pilze, Schopftintlinge, die wir damals nicht hatten pflücken dürfen, weil es weiße Pilze mit Lamellen sind. Die Nachbarin, die das Grab besorgt, duldet eine solche Unordnung aber nicht und reißt sie regelmäßig aus.

Meine ältere Schwester hat das Orgelspielen erlernt. Die Jüngste hat das Pilzesuchen auch während und nach Tschernobyl nicht eingestellt und ist überhaupt immer auf der Suche nach »Schnäppchen«. Und ich, ich erzähle Geschichten, die nicht immer ganz wahr sind.

Faule Ostern

Ostern ist ein schönes Fest, kann aber auch gefährlich sein, ich habe es selbst erlebt. Das war noch zu der Zeit, als mit Lebensmittelkarten eingekauft wurde, Kaffee »Bohnenkaffee« hieß und ein Ei nur zum Sonntagsfrühstück, wenn überhaupt, auf den Tisch kam. Aber das hatte ganz andere Gründe als heute – Cholesterin und Salmonellen waren noch weitgehend unbekannt, übrigens ebenso wie »freilaufende Hühner«. Alle Hühner liefen frei herum. Wie denn wohl sonst?

Oma nähte damals zur Aufbesserung des Familienbudgets für die Bauern und erhielt zwei Eier für ein Arbeitshemd. Der Bauer ist sparsam und trennt sich nicht gern von Eiern: »Eier in der Pfanne geben Kuchen, aber keine Küken«, hieß es, aber bei drei Hemden waren es dann doch genug für uns alle.

Sensationell, wenn es Ostern »Eier satt« gab. Die brachte nun allerdings Oma ins Haus und nicht der Osterhase. Die einzige Figur, an deren Existenz wir glaubten, war der Weihnachtsmann. Wir hatten ihn ja mit eigenen Augen gesehen, auch wenn er Opa verdächtig ähnlich sah; der Osterhase hingegen gehörte in das Reich der Sagen und Märchen wie Rübezahl und Schneewittchen. Es erschien uns unwahrscheinlich, dass eine Art Karnickel – die kannten wir gut, weil einige fette Exemplare in einem Verschlag in unserem Garten hausten, ununterbrochen Salatblätter mampften und saudumm aus ihrem Pelz heraus guckten – undenkbar also, dass ein doofes Kaninchen so effizient sein sollte, den Hühnern in den schwer bewachten Ställen Eier zu klauen.

Dass ein Hase am Gründonnerstag Eier selber legen sollte, fanden wir auch ausnehmend komisch; wir kannten ja die »Eier«, die unsere Stallhasen hinterließen. Was Tiere betrifft, kann man Kindern auf dem Lande nichts erzählen. Und schließlich waren wir Kinder ja diejenigen, die die Eier hingebungsvoll, wenn auch ästhetisch gesehen nicht ganz einwandfrei bemalten, und Mutter hatte sie vorher hart gekocht.

Ostern hieß, Ostereier zu suchen, und nicht etwa zur Kirche zu gehen. Lange Zeit blieb mir verborgen, dass Ostern irgend etwas mit Religion zu tun hatte; ich bin eben in einem heidnischen Haushalt aufgewachsen. Allerdings ist das Eiersuchen meinen Recherchen nach auch nicht direkt in der christlichen Tradition verankert. Ebenso wenig wie die Osterfeuer, die den zweitbesten »event« der Ostertage darstellten.

Aber vor der Suche steht das Verstecken, und darin war meine Mutter eine wahre Meisterin. Da sich das Wetter in den letzten Jahrzehnten entgegen allen privaten Empfindungen zumindest im März und April nicht wesentlich geändert hat, fanden die Aktionen meist nicht im Freien, sondern bei uns im Hause statt. Aber Mutter war nicht nur groß im Verstecken, sondern auch groß im Vergessen. So fanden wir manchmal im Laufe der nachfolgenden Wochen und Monate Eier an sehr merkwürdigen Stellen, wie z.B. im Klavier, in der Kohlenschütte und in der Deckenlampe in Opas kleinem Büro.

Als meine Schwester um Pfingsten herum eins in ihrem Gummistiefel in der Waschküche entdeckte und es heimlich auffraß, obwohl Opa gewarnt hatte: »Alte Eier, alte Freier, alter Gaul sind meistens faul«, musste der Doktor geholt werden. Seit ich meiner Schwester beim Brechen zugesehen habe, halte ich mich zu Ostern an Schokoladeneier.

Perlen

Kürzlich wurde ich in der Ankündigung einer Lesung als »Perle norddeutschen Humors« bezeichnet. Das geht ja noch. Meistens ist die Rede von »Kultautorin«, wozu ja schon Werner (Wänä) gesagt hat, dass ein alter Trecker, wenn er angelassen wird, kultkultkult macht. Immerhin komme ich aber im Vergleich mit einem alten Trecker noch ganz gut weg.

Meine Oma Resi war auch einmal Perle, als sie vierzehn war; bei Frau Pastor, um die feine Küche zu erlernen. Wenn man früher vierzehn war, hatte man viel Hunger. Heute hat man mit vierzehn überhaupt keinen Hunger, weil man sonst die angesagten Klamotten nicht anziehen kann. Bei Frau Pastor war es mit der Küche nicht weit her. Wenn am Sonntagmittag Gäste zugegen waren und der Braten schon einmal herumgereicht worden war, hob Frau Pastor die Platte hoch, warf einen Blick darauf und sagte versonnen: »Oh – es reicht noch gerade für morgen – *möchte noch jemand*?« Da blieb Oma Resi immer hungrig. Später hatte sie selbst eine Perle, die aber die Berufsbezeichnung »Stütze der Hausfrau« trug, was sich als Fehler heraus stellte, denn sie mutierte zur Stütze des Hausherrn. Resi musste zum Schulrat, mit den beiden Kindern und auf den Knien, um ihn wieder raus zu hauen. Akademikern war es damals nicht erlaubt, sich mit 14jährigen Perlen oder Stützen was anzufangen. Also, auf jeden Fall war es dann nicht erlaubt, wenn es raus kam.

Heute gibt es keine Perlen mehr, außer bei Derrick, und da sind sie so eine Art Hausdame, die offensichtlich gar nichts tut, sondern mit am Familientisch sitzt und intrigiert und schöner als die Hausherrin aussieht, welche säuft oder psychotische Schübe hat und auch nichts tut, und ich frage mich immer, wer da wohl den Haushalt macht.

Ich selbst war einmal eine Au pair in einer französischen Familie. Ein Onkel aus dem Schwäbischen nannte mich dann »'s Ohperle«. Das sagte er so oft, bis es wirklich nicht mehr komisch war. Die Kleinkinder kriegten vor dem Spazieren gehen immer Glyzerinzäpfchen, damit sie vorher caca machen konnten. Das Reinstopfen der Zäpfchen in die Kinder war meine Aufgabe, was nicht leicht war, weil die den Arsch zukniffen. Ein Wunder, dass sie nicht pervers geworden sind. Oder ich.

Katastrophen

Wenn es die *Bild*-Zeitung nur in Norddeutschland gäbe, dann müssten die Redakteure noch mehr Schnaps saufen, um eine gute Titelzeile hinzukriegen. Hier gibt es weder Berge noch Schnee und daher auch keine Killerlawinen; Killerregen hört sich ja bloß doof an. Und Killerhundescheiße ist irgendwie zu lang, obwohl das die Sachlage in Hamburg ziemlich genau trifft. Eine kleine Schneekatastrophe wäre da manchmal eine Gnade.

Mal ehrlich: Die meisten Leute sind doch ganz scharf auf Katastrophen. Warum gucken die sich sonst die Formel-1-Rennen an? Oder verbringen Weihnachten mit der Familie? In diesem Winter hätte ich aber gar keine Schneekatastrophe gebrauchen können. Das hätte sich nicht gelohnt, weil ich sowieso krank geschrieben war.

Die letzte habe ich 1979 erlebt, da waren Birgitta und ich plus Anhang über Weihnachten in Dänemark und krochen dort auf der Rückfahrt über die Landstraßen, bis wir endgültig stecken blieben. Die Autoheizung ging nicht mehr, und vorerst kamen auch keine anderen Fahrzeuge vorbei. Wenn doch welche auftauchten, unterhielt Detlef uns mit Ausweichregeln aus der Schifffahrt: »Kommt rotweißgrün voraus in Sicht – mittschiffs das Ruder und Augen dicht.« Das half auch nicht weiter. Michi erzählte uns alles über matlabinterne Richtungsfelder für Wallach'sche Wahrnehmungsphänomene, was uns auch nicht gerade aufheiterte. Es wurde immer kälter. Birgitta sagte, dass sie jetzt doch lieber eine Feuerbestattung wünsche, falls es zum Schlimmsten käme. Schließlich wurden wir aber vom dänischen technischen Hilfswerk aufgelesen, das uns in eine Schule verfrachtete, wo sich bereits ein paar Dutzend Menschen aufhielten.

Da habe ich von einem Schweden ein Kartenspiel gelernt, welches »Pouf« heißt und hilft, jede Art von Katastrophen bestens zu überbrücken. Leider waren auch ein paar deutsche Blockwarte dabei, die glaubten, sie müssten jetzt alles organisieren, die Drecksäcke. Die Dänen ließen sie aber nicht. Bei der Neujahrsansprache der Königin im Fernsehen standen alle Dänen auf und wunderten sich, dass wir unsere Hintern nicht von den Sesseln erhoben (bis auf die Drecksäcke), als unser respektives Staatoberhaupt – wer war das eigentlich, keine Ahnung, wahrscheinlich der Dicke, oder war's der Dings aus Hamburg? – seine Rede vom Stapel ließ.

Leider wurde die Autobahn dann so rechtzeitig geräumt, daß wir alle zu Arbeitsbeginn wieder in Hamburg waren.

Bei Wie-heißt-er-mal-noch fällt mir ein, ich habe ja noch eine Katastrophe mitgekriegt, nämlich die Flutkatastrophe von 1962, da arbeitete ich auf Sylt. Die war auch keine reine Freude, weil die Arbeit nicht ausfiel, sondern ganz im Gegenteil. Die Kollegen, die übers Wochenende aufs Festland gefahren waren, konnten nicht über den kaputten Hindenburgdamm zurück kommen, und da musste ich dann alles machen, obwohl ich bloß Lehrling war. Der Keller des Restaurants war bis obenhin voll Wasser gelaufen, das durfte ich alleine ausschöpfen. Das Wasser hatte alle Etiketten von den Dosen und Flaschen abgelöst, und der Chef verscheuerte die Sachen später für eine Mark pro Stück. Wenn man Glück hatte, erwischte man einen Spitzenwein und eine Büchse Kaviar. Ich erwischte eine Flasche Küchensherry und Hering in Tomatensoße.

Eine Katastrophe!

Tante Bleimi

Sie haben noch eine Familie? Da können Sie aber froh sein! Wer keine Familie hat, ist arm dran. Wenn Sie von allen Freunden und Freundinnen verlassen wurden, weil Sie ihnen jahrelang die Ohren voll gejammert haben über Ihre Familie – wer bleibt Ihnen dann noch? Die Familie. Oder wenn Sie im Zuchthaus sitzen, weil Sie z.B. mit einem Schraubenzieher Angeberautos markiert haben, wer besucht Sie dann im Knast und Sie können gar nichts dagegen machen? – Ihre Mutter.

Angeberautos nannte übrigens meine Mutter gewisse Automarken; ich hielt das aber für einen Markennamen und wünschte mir nichts sehnlicher, als eines Tages auch solch ein Angeberauto zu haben wie Onkel Werner, der einen Daimler besaß. Daimler und Fernseher, so damals die Meinung meiner Mutter, besäßen nur Metzger. Das leuchtete mir unmittelbar ein; ich kannte niemanden, der beides hatte, außer Onkel Werner, und schließlich *war* er Metzger. Seine Frau, Tante Hazel, von uns Kindern Tante Bleimi genannt, war eine untypische Metzgersgattin und damit komme ich direkt zum Thema des heutigen Vortrags. Ohne Familie keine Tanten! Ohne Tanten kein Glamour! Ohne Glamour kein Spaß! Bleimi war die Tochter eines englischen Missionars, der in China das machte, was Missionare so machen, und deshalb Anfang der vierziger Jahre dort raus geworfen wurde. Werner lernte Bleimi irgendwie kennen und vermutlich lieben. Er brachte sie in unser Dorf zurück, wo man nicht daran gewöhnt war, dass Gattinnen Lippenstift trugen, wenn sie im Kolonialwarenladen shoppen gingen und praktisch ununterbrochen eine Zigarette im Mundwinkel hängen hatten, sogar beim Stricken und Kochen und auf dem Feuerwehrball. Dort erregte sie auch einiges Aufsehen mit ihrer Frage nach einem Tango. Ein Ansinnen, das sofort als anrüchig eingestuft wurde und mit dem die Drei-Mann-Blaskapelle sowieso hoffnungslos überfordert gewesen wäre. Den Tango lernten wir dann in ihrer Küche nach argentinischen Schallplatten. Später, als wir Englischunterricht in der Schule hatten, brachte sie uns Wörter und Sätze bei, die sie von Londoner Taxichauffeuren übernommen hatte, etwa »Carr blimey, guv'«, was erst ins Englische und dann ins Deutsche übersetzt »Gott blende mich, Gouverneur« heißt, aber nicht ganz so gut klingt wie das Original, finde ich. Unsere Lehrer fielen in Ohnmacht – na, jedenfalls beinahe, aber wir versicherten glaubhaft, dass wir es in einem englischen Buch aus der Schülerbücherei gelesen hätten.

Zwei der drei älteren Schwestern von Werner, Mimi und Tante Toni, hatten bereits 1937 und 1944 geheiratet, während die dritte, Tante Gretchen, immer noch nichts »in Aussicht« hatte, was Bleimi 1949 dazu veranlasste, Gretchen damit zu trösten, dass sie noch zwei Jahre Zeit habe: »Carr blimey, deine Schwestern sind ja gegangen weg als die heißen Brötchen (sie meinte warme Semmeln) – alle sieben Jahre eine!« Die Schwestern fanden das taktlos und waren überzeugt, dass man sich später, nach dem jeweiligen Hinscheiden, auf keinen Fall wieder sehen würde. Das entsprach durchaus Bleimis Vorstellungen vom Paradies. Wo sie jetzt übrigens schon seit einigen Jahren weilt. Ich hoffe, es gibt einen Zigarettenautomaten. Und jede Menge Tangoplatten. Oder CDs, falls sie da schon so weit sind.

Blimey!

Vertun

Wenn im Büro viel zu tun ist, wie gerade jetzt zu Beginn des Semesters, gerate ich schnell mal ins Schwimmen. Hans-Hermann, der mir am Schreibtisch gegenüber sitzt, behauptet, ich hätte am Telefon was von »Gebührentatbeständen« gefaselt. Na und? Wer sagt denn, dass es so was nicht gibt?

Zu Hause habe ich dummerweise beschlossen, den Frühjahrsputz nachzuholen, und bin gerade beim Fensterputzen, als es klingelt. Susi. Susi wohnt zwei Stockwerke über mir und hat ein Alkoholproblem, wie es heute heißt, und kommt ab und zu vorbei, um zu telefonieren (»Ich möcht ma 'ne Bestellung aufgehm: acht Budweiser und...«) oder um sich einen Heiermann oder einen Schein zu borgen »bis Donnerstag«. Donnerstags gibt es Sozi. Das Geld kriege ich meistens zurück, aber nie donnerstags und nie in der gleichen Woche. »Du bist doch meine beste Freundin, hehe«, sagt Susi und lehnt schon einigermaßen breit im Türrahmen, »kannst du mir mal n' Pfund leihen?« Ein Pfund sind zehn Euro. Ich seufze, suche einen Schein heraus, gebe ihn ihr und sage: »Dann bis Donnerstag – oder?« »Klar«, sagt sie, »ey – warte ma – das war aber jetzt *mein* Part!« »Oh – tut mir leid, Tschulligung.« Wenn man im Vollstress ist, kann man sich leicht mal im standardisierten small-talk vertun.

Meine Tante vertut sich auch öfter, weil sie auch immer im Stress ist, allerdings weiß niemand, wieso. Wenn ich sie besuche, bin ich gleich wieder zwölf. Als wir gemeinsam zum soundsovielten Jubiläum des örtlichen Gesangvereins gingen und ich mir vor dem Festsaal eine Tüte Pommes kaufen wollte, fing sie an, in ihrem Portmonee herum zu kramen und drückte mir zwei Euro in die Hand. Ich musste das Geld nehmen. Bei meinem letzten Besuch hatte ich einmal versucht, in einem Restaurant unsere Zeche zu bezahlen, da hat sie beinahe den ganzen Laden zusammen geschlagen. Das wollte ich jetzt eigentlich gar nicht erzählen. Was ich erzählen wollte, war, wie die Tante Witze erzählt. Sie vergisst immer die Hälfte. Zum Beispiel geht ein Witz original so: »Kommt 'ne Frau zum Arzt und sagt: ›Herr Doktor, ich hab 'nen Knoten in der Brust.‹ Sagt der Arzt: ›Wer macht denn so was!‹« Das ist ja ein bisschen frauenfeindlich oder was – die Tantenversion geht aber anders: »Kommt 'ne Frau zum Arzt. Sagt der Arzt: ›Wer macht denn so was!‹« – Das ist jetzt eher ärztefeindlich, macht aber nichts, denn gut erzählt ist halb gewonnen, wie ich immer sage.

Dia-Abend bei Helga und Gerhard

Großes Familientreffen bei Helga und Gerhard. In Tateinheit mit einem Dia-Abend. Eigentlich habe ich nur zugesagt, weil solche Veranstaltungen eine Menge schlechten Stoffs für eine Menge guter Geschichten liefern. Oder umgekehrt. Übrigens kenne ich niemanden, denn es ist nicht meine Verwandtschaft, sondern die der Untermieterin. »Das merkt keiner«, hatte sie mir versichert, »letztes Mal bin ich als meine Kusine angetreten, das haben die auch nicht geschnallt.«

Familientreffen – Gott – wann war ich zuletzt auf einem ... muss Jahrzehnte her sein, meistens fand es bei Tante Bleimi und Onkel Werner statt. Bleimi hatte ununterbrochen eine Kippe im Mundwinkel, auch beim Kochen und Stricken. Werners Brüder saßen alle auf Bauernhöfen, die waren vielleicht begeistert... Später sah man sich ja nur noch auf Beerdigungen, da sagte sie immer Sachen wie »Kind, isst du auch genug? Du siehst ja leichenblass aus. Lei-chen-blass!«

In Helgas und Gerhards Reihenhaus lungern schon zehn, fünfzehn Verwandte herum. Geschrei, großes Hin und Her. »Sie sind daa!!« Umarmungen, Händeschütteln. »Bist du nicht ... ich kenn dich noch, da warst du sooo klein...« Eine Höhe von fünf Zentimetern wird angedeutet. »Und das hier ist Anneke, unsere Hochschulabsolventin!« Tja, dann heißt es »unsere«. Als Edith sich damals scheiden ließ, hieß es ja immer »Hertas Älteste«. Helga ist ein Pumps abhanden gekommen, Gerhard ist genervt, aber beherrscht, hat alles im Griff. Stühle. Es fehlen noch Stühle. Helga kümmert sich ja um NICHTS. »Gisela!« Ich werde von hinten gepackt. Gisela? Warum eigentlich nicht? Immer noch besser als Edeltraud. »Komme gerade aus Frankfurt«, improvisiere ich, »Mutti lässt grüßen, sie konnte nicht, ihre Arthritis...« »Die Arme – und was macht ihr Zucker?« Ich ziehe vielsagend die Schultern hoch. »Hattest du eigentlich schon immer so helle Haare? – Na, lass man, man wird nicht jünger.« Jetzt zusammenreißen, immer an das unbestechliche Auge der versierten Beobachterin denken.

Ich sehe mich nach einem Sitzplatz um. Evi legt noch letzte Hand ans Büfett. Gerhard bietet auf einem Tablett Gläschen mit Eckes Edelkirsch an. Eckes Edelkirsch – ist der überhaupt noch frei verkäuflich? Oder fällt der nicht schon unters Betäubungsmittelgesetz?

Gerade soll es losgehen, nur Helga hühnert noch herum und sucht ihren Pumps, da rauscht Frau von W. herein, die Nachbarin von Helga und Gerhard, in Begleitung eines gewissen »Herrn Reinhold«. Solche kalkulierten Auftritte hatte Großtante Mimi früher auch immer drauf. Und solche Pelzhüte und die Nase immer hoch, dabei kam sie auch bloß vom Lande; hatte sich allerdings hochgearbeitet bis zur Schneider-Innungsmeisterin in P. Einmal hat sie angeblich vom Zug aus den Führer gesehen...

Es geht immer noch nicht los, Nachzügler tröpfeln herein. »Blumen bei Helga abliefern« – »Hast du immer noch diese hässliche Brille?« – »Was ist eigentlich mit Onkel Franz?« »Der ist doch tot!« »Achwas!« – »Es fehlt noch Tante Hildegard.« »Was, Erbtante Hildegard lebt noch?« Die käme nicht, lässt sich nun ein junger Mann, Cousin Stefan, vernehmen. Sie sei im Krankenhaus und... Waswaswas – die war doch nie krank! »Kann sie noch unter ... ich meine, kann sie noch schreiben?« Und wie ist Stefan überhaupt hierher gekommen, mit der Bahn? – Mit Hildegards Porsche. Aber nicht überschrieben, wie gleich scharf nachgefragt wird, sondern nur geliehen. Immerhin, das gibt zu denken.

Nun aber die Dias. Zankereien über Entstehungsgeschichte und Jahreszahlen werden von Pscht-Rufen übertönt, leben wieder auf an der Frage, ob irgendwer jünger oder älter aussieht ... so ziehen Menschen im In- und Ausland, in Städten, Dörfern, Tälern und Höhen an uns vorbei mit den üblichen Erläuterungen »Da sind wir über die Berge gelaufen. Da ham wir was geguckt. Da ham wir Pause gemacht.« »Der da rechts in schwarz, das ist der Steuerberater von Hildegard.« Frau von W. will was sagen, es ist aber einfach zu laut. »Frau von W., würden Sie bitte mal Ihr Organ anheben?«

Gerhard, der feinfühlige Organisator, hat ein Gespür dafür, wann es Zeit für eine Unterbrechung ist bzw. für einen Wechsel der kulturellen Darbietungen. Unsere Hochschulabsolventin spielt nun auf dem Piano das Stück, das sie zur Prüfung vorgespielt hat. Anneke hat ein Kleid an, dessen Anblick einen außerhalb von Familienfeiern blind machen würde. Sie verspielt sich und ist nervös. »Anneke, sei doch nicht so nervös!« Riesiger Beifall. Jetzt Dias aus Griechenland, wo Tante Nellie mit Evi ihren Urlaub verbracht hat. Jede Menge unscharfer Säulen und Statuen ohne Arme. »Das ist auch wertvoll, trotzdem es so kaputt ist.« »Und das ist ein seltenes Foto von der Callas, wie sie gerade...« Evi: »Und das – wartet mal, das war in ... Dings ... so wie der Grieche bei uns in Henstedt-Ulzburg heißt ... da hat Nellie einen Herrn kennen gelernt, der war auch so belesen wie sie...« »Hörthört!« Nellie: »Früher kam die Kultur aus Griechenland, nicht aus Amerika, wo ja heute alles besser sein soll.« Dann endlich die Büffet-Eröffnung – »Herr Reinhold langt aber ordentlich zu, was?« – und die Polonäse mit Rex Gildo und der Fiesta Mexicana (Hossa!), Mikaela-aha und Tanze Samba mit mir. Helga hat endlich ihren Pumps gefunden.

Ich wanke zur S-Bahn. Hans-Hermann hat mich doch ziemlich rumgeschwenkt, dazu der Edelkirsch ... schnell ins Bett jetzt ... aber vorher noch Mutti anrufen, die will doch immer alles haarklein ... Moment mal – ist doch gar nicht meine Familie und ... ist Mutti nicht sowieso 82 gestorben?

Nichten

Die Nichten sind jetzt in einem Alter, in dem sie nicht mehr kleine Stofftierchen als Geburtstagsgeschenke mitbringen (»Ist der nicht süß, Tantchen?«), sondern tonnenschwere mit Leopardenfell bezogene Sonnenbrillen-Etuis, die, wenn man sie zuklappt, alle in der Nähe herumlungernden Personen zusammen zucken lässt. Im letzten Jahr bekam ich einen Handventilator, den man mit wenigen Griffen zu einem Mixer umbaut, womit man dann in etwa einer halben Stunde ein Sechzehntel Liter Sahne vielleicht steif schlägt. Ich habe es aber noch nicht probiert.

Diesmal hat die jüngste Nichte ein riesiges Plastikauge mitgebracht, das man auf dem Tisch herumrollen lassen kann, falls man so was tun möchte. Ich solle mir wegen des Preises keine Gedanken machen, sagte sie tröstend, sie habe es sowieso in dem Laden geklaut, wo sie in den Ferien jobbe. Ich werde das Auge wohl in mein Büro mitnehmen. Die Kolleginnen haben schon ein paar mal reingeguckt und nachgefragt, ob ich nicht ein Poster aufhängen will oder ob sie mir Topfpflanzen reinstellen sollen, damit es etwas persönlicher aussieht. Das Auge wird mich hoffentlich rausreißen. Persönlicher gehts ja wohl nicht.

Die Nichten sind auch aus dem Alter raus, wo sie sich für die Bahnfahrt eine *Bravo* kaufen. Sie kaufen jetzt eine *Amica* mit dem Sonderheft »100 Singles zum Verlieben«. Darin suchen 33 Frauen und die doppelte Anzahl von Männern, welche Frank und Andreas und Oliver und Boris heißen und alle in lustigen Posen abgebildet sind, einen »Partner«. Während die Nichte auf meinem neuen Computer Solitaire spielte, und ihn hoffentlich nicht kaputt gemacht hat, sah ich alle Interviews durch. »Das kann ja wohl bald nicht wahr sein«, sagte ich schockiert, »hast du das gesehen?« Auf die Standardfrage nach der Vorstellung von einer »idealen Nacht« hatte Andreas aus Dorsten geantwortet: »Locker rein, locker raus.« Ich lese es ihr vor. Sagt sie: »Gott, muss der ein kleines Ding haben.« Das hätte ich nie gewagt, zu meiner Tante zu sagen. Allerdings hätte meine Tante mir so was auch nicht vorgelesen.

Mopeds

Als ich mit dem Mopedfahren anfing, hatte ich schon eine Bandscheibe, und wenn man sich damit hinten auf eine Harley setzt, dann ist das nicht die optimale Therapie. Offen gesagt habe ich meistens gar nicht drauf gesessen, sondern daneben gestanden, weil das Ding natürlich nicht funktionierte und immerzu daran geschraubt werden musste. Dafür ist es nämlich da, nur wusste ich das anfangs nicht. Meine Betagtheit und ein damit einhergehender gesunder Egoismus erlaubten es mir aber, mich im Falle einer Panne schleunigst vom Ort des Geschehens zu entfernen und damit von der Gefahr, aufgefordert zu werden, dem Schrauber diese und jene Instrumente hinüber zu reichen. Da wir häufig im Konvoi fuhren und alle Fahrer anhielten, wenn bei einem von ihnen mal wieder eine Schraube locker war, konnte ich beobachten, dass die anderen Frauen sich meinem guten Beispiel nicht unbedingt anschlossen. Da wurde dann herum gestanden und Interesse simuliert, dass es nur so krachte. Man konnte direkt sehen, wie irgendeine blöde Technoinformation sich in das eine Ohr hinein pfriemelte, im Hirn hin und her schoss, verzweifelt einen Ausgang suchte und – wusch – zum anderen Ohr wieder heraus flog. Eigenartigerweise schien das die Herren Biker nicht zu stören. Ich vermute sogar, dass sie mit Begeisterung ihre Erklärungen auch fünfzig mal wiederholten. Männer lieben es, Frauen was zu erklären. Besonders, wenn sie selbst von dem behandelten Thema keine Ahnung haben. Und das war meistens der Fall. Nie wusste einer wirklich, warum die Kiste jetzt stehen geblieben war oder warum sie so komische Geräusche machte. Ich wusste, warum.

Sagen wir es anhand eines Beispiels: Nehmen Sie mal an, ich kaufe mir eine Waschmaschine. Was tue ich als erstes? – Als erstes schmeiße ich den Schlauch weg und besorge mir einen antiken Schlauch auf dem Flohmarkt, der nicht ganz passt. Danach hänge ich die Tür aus und nehme sie auseinander, um sie gleich wieder verkehrt herum zusammen zu setzen. Anschließend klopfe ich eine halbe Stunde mit einem Vorschlaghammer auf die Trommel. Des weiteren drehe ich alle Knöpfe in die falsche Richtung und halte eventuell den Stecker unter fließendes Wasser, bevor ich ihn in die Steckdose tue. Und – was passiert? Die Waschmaschine läuft einwandfrei. Jaha. Weil ich, Damen und Herren, natürlich nichts dergleichen getan und meine Pfoten da raus gehalten habe. Ich bin nämlich eine erwachsene Frau und kenne den Unterschied zwischen einer Maschine und einem Spielzeug.

Psychologe

Sabine ist mit einem herzlosen klinischen Psychologen verlobt. Wenn die beiden im Urlaub auf der Terrasse ihres Hotel-Appartements irgendwo auf den Kanarischen Inseln sitzen und Leute beobachten, die mit schiefen Schirmmützen und in Shorts, deren Schritt in den Kniekehlen sitzt, vorüberwandeln, sagt er immer: »Guck ma, die sehen aus wie meine Oligophrenen.« Oligophrene sind Personen, deren Intelligenzquotient so niedrig ist, dass man sie eigentlich jeden Tag gießen müsste. Hotels nennt der Psychologe übrigens »Anstalten«, was gar nicht so verkehrt ist, wenn man alleine an den Krach denkt, den die Zimmermädchen morgens im Flur mit den Staubsaugern machen.

Sabine hat auch ein Pferd, das heißt Kurtchen, ist ein Wallach und ein ziemlich dicker Mecklenburger. Das ist jetzt nicht rassistisch, sondern eine Pferdesorte. Mit Kurtchen will sie demnächst zum Psychologen aufs Land ziehen, jedenfalls so lange, wie das gut geht. Kurtchen muss zu diesem Behufe in einen Kasten gesperrt und auf der Autobahn dorthin gefahren werden. Sabine hat schon seit Wochen Alpträume, ob *das* gut geht. Das ging schon damals, als sie Kurtchen gekauft und von einem Pferdehof geholt hatte, beinahe schief. Sie hatte einen Jugendfreund gebeten, das Auto zu stellen und den Fahrer zu machen; den Kasten für Kurtchen hatte sie geborgt. Der Jugendfreund hat keine Ahnung von Pferden, er findet die eigentlich doof, und hatte auf dem Pferdehof immer nur von »Zossen« gesprochen und laut überlegt, wie viele Fünfkilo-Dosen man wohl braucht, um ein ganzes Pferd drin unterzubringen, abzüglich Schwanz und Hufe. Das fand er komisch, die Pferdeliebhaber auf dem Pferdehof aber nicht. Als Sabine und der Jugendfreund auf der Rückfahrt eine Pause machten, stellten sie fest, dass Kurtchen sich im Kasten einmal um sich selber gedreht hatte und jetzt mit dem Kopf hinten rausguckte, was er gar nicht darf, weil er dann verrückt wird. Außerdem geht es in Wirklichkeit überhaupt nicht, weil der Kasten viel zu eng und das Pferd viel zu dick ist. Weil es nicht zu erklären war, hatte der Jugendfreund vorgeschlagen, dass sie jetzt beide esoterisch werden könnten.

Jetzt ruft sie den Psychologen wegen der Alpträume an: »Ich bin völlig fertig. Du bist doch Psychologe. Tu was!« Der Psychologe zögert keinen Moment: »Was kann schlimmstenfalls passieren?« Sabine: »Der Kasten fällt um und Kurtchen stirbt...« »Na und? Das ist doch keine Katastrophe!« Eine große Hilfe ist der Psychologe nicht.

Sabine: »Huhu. Aber vielleicht hat er bloß alle Beine gebrochen und den Hals und...« Der Psychologe: »Dann wird er eben erschossen!« »Huhuhu, ich hab doch gar kein Gewehr...« Dann muss sie eben nichts mit einem Psychologen anfangen, sondern mit einem Förster. Oder einem Polizisten. Oder einem Verbrecher. Das habe ich aber dann gesagt.

Süße Blondine

Ich war gerade dabei, einen Artikel über Bekanntschafts- und Heiratsanzeigen zu schreiben, und hatte bereits Recherchen angestellt, d.h. mein Arbeitszimmer lag voll mit diversen zerrupften Hamburger und nationalen Zeitungen, aber schön in Stapeln geordnet. Da kam Birgitta reingeschneit, die immer dann kommt, und zwar unangemeldet, wenn man sie wirklich nicht gebrauchen kann. Das sage ich ihr dann regelmäßig, aber ebenso regelmäßig hält sie es für einen meiner Späße. Das ist der Nachteil, wenn man als komische Alte bekannt geworden ist.

Nachdem sie den ersten Stapel durcheinander gebracht hat, pflanzt sie sich an meinen Arbeitsplatz und nimmt auf der Stelle die Lektüre in Angriff. »Ey, guckma der da, glaubst du, der wär was für mich?« »Wenn er gleich vorbeikommt und dich abholt, dann ja«, erwidere ich. Birgitta muss herzlich lachen. Sie glaubt, dass ich schon wieder einen Witz gemacht habe. Wenn ich wirklich einen mache, dann versteht sie ihn allerdings nicht. Als ich vor einigen Monaten mehrere Wochen im Krankenhaus verbracht hatte und sie mich nach meiner Genesung anrief, um ein Treffen zu vereinbaren, sagte ich aus Spaß, dass wir uns vielleicht nicht erkennen würden, da ich lange nicht beim Frisör gewesen sei. Sie schlug dann gleich vor, ein Erkennungszeichen auszumachen. »Gute Idee«, sagte ich, »drei lange braune Töne mit der Hecklaterne.« Langes Schweigen am Telefon, dann Birgitta: »Töne können keine Farbe haben.« Ich: »Birgitta! Der Spruch ist von Detlef!« »Was für'n Detlef?« Detlef ist ihr geschiedener Mann. Ich: »Der war doch Leutnant bei der Marine!« »Na – und?« »Bei der Marine sind sie anal fixiert!« »Ach ja?« – Da gab ich's auf.

Birgitta legt die Füße auf meinen Schreibtisch: »Kannst du nicht mal eben 'n Kaffee...?« Während ich in der Küche das Wasser aufsetze, höre ich sie nebenan schnaufen und kleine Schreie ausstoßen. »Das glaubst du nicht: ›Sylvia, 19 Jahre, wunderhübsch, häuslich und kinderlieb, möchte nach einer schweren Enttäuschung einen ehrlichen Handwerker verwöhnen.‹ – So was gibt es doch gar nicht.« Ich teile ihr mit, dass solche Anzeigen von Instituten ausgedacht werden. »Und das ist erlaubt?« Ich überlege einen Augenblick, ob ich ihr meinen für solche Gelegenheiten bereit gehaltenen Vortrag über die freie Marktwirtschaft und deren Sinn und Blödsinn halten soll, verzichte aber darauf und bringe den Kaffee.

Birgitta ist immer noch am Blättern: »Stück Kuchen hast du nicht zufällig da? – Nein, keinen Zucker, ich mach gerade 'ne Diät – hör mal – könnte ich das sein? – Du süße Blondine im braunen Mantel, die mir neulich am Bahnhof Zoo so nett zugelächelt...« »Seit wann bist du blond?« Birgitta räumt ein, dass sie nicht direkt blond sei – man kann sie ohne Übertreibung rabenschwarz nennen – und auch keinen braunen Mantel habe, aber ihr dunkelblauer könne bei entsprechender Beleuchtung für braun... »Und wann warst du das letzte Mal in Berlin?« Okay, vor zwei oder fünf Jahren, dann sei sie eben nicht gemeint, hätte aber gut sein können, und wenn ich ihr alles vermiese, wie ich das schon in der Schule immer gemacht habe, dann... geht sie nicht etwa, wie ich einen Moment lang hoffe, sondern greift zum nächsten Stapel. Der Tag ist praktisch für mich gelaufen.

Unsichtbare Damen

Als ich kürzlich mit einer Freundin in der U-Bahn fuhr, vergnügten sich ihre beiden fünf- und siebenjährigen Töchter damit, die anderen Fahrgäste zu taxieren: »*Die* Frau ist schön. *Die* Frau ist nicht schön.« Ihre Kriterien blieben uns weitgehend verborgen; wir bemühten uns aber, aus dem Fenster zu sehen und vorzugeben, wir hätten mit den Kindern nichts zu tun, um den Blicken der Verurteilten zu entgehen. Kurz bevor wir aussteigen mussten, hatten die Mädels noch ein Opfer entdeckt. Eine Frau um die 50 im Minirock, mit weizenblond aufgetürmten Locken, bunten Ohrclips und superscharfen hohen Pumps schickte sich ebenfalls an, den Wagen zu verlassen. Die Mädels, ganz Auge, waren begeistert: »Guckma Mama, *die* Oma ist schön!« Irgendwie hatten sie die Sachlage ja erfasst, aber für Mamas und Nenntanten ist das eine Situation, die sie wünschen lässt, dass sie in ihren Erziehungsbemühungen doch eher den Grundsatz »Kinder soll man sehen, aber nicht hören« berücksichtigt hätten.

Nach meiner letzten Lesung gab es am nächsten Tag eine weitgehend positive Rezension in der lokalen Zeitung, außer dass der Journalist – es war natürlich ein Mann – geschrieben hatte: »... eine unscheinbare Dame erklomm das Podium...« Also, »Podium« ist richtig, weil die Lesung in einem Theater stattfand, »erklomm« ist richtig, weil ich meine Wanderschuhe anhatte und »Dame« stimmt auch, soviel ich weiß, aber »unscheinbar«??

– Was er eigentlich hatte sagen wollen, war »unsichtbar«, das ging aber in diesem Zusammenhang wohl irgendwie nicht, immerhin waren über 200 Augen auf mich gerichtet, und da hatte der Thesaurus ihm eben stattdessen »unscheinbar« angeboten.

Unsichtbar – pass auf! – unsichtbar ist nämlich für einen Mann jeden Alters jede Frau über, sagen wir mal, 40. Vielleicht mit Ausnahme von schönen Omas oder rothaarigen Schlampen mit wogendem Busen (Milva). Der Rest ist schlicht nicht vorhanden. Wahrscheinlich laufen deshalb so oft junge Männer auf der Straße direkt in mich hinein oder machen mir keinen Platz, wenn ich auch durch eine Drehtür will. Bisher hatte ich das auf den allgemeinen Niedergang der guten Sitten geschoben, aber Tatsache ist: Die sehen mich einfach nicht.

Im Gegenzug sollen Männer über 40 ja erst interessant werden für Frauen. Davon weiß ich nichts. Ich habe noch nie näher mit einem zu tun gehabt, der älter war als 38, das musste jetzt mal gesagt werden. Und ich gedenke nicht, da irgendwas dran zu ändern. Männer über 40 haben Krisen und sind für meinen Geschmack oft allzu sichtbar. Und hörbar.

Was? – Wie ich gekleidet war? – Daran kann's nicht gelegen haben. Ich trug wie immer das kleine Lesungsschwarze und mein echtes! Bernsteingeschmeide hatte ich auch angelegt. Nicht zu vergessen: Lippenstift! Und nicht zu knapp! »Seriös« wäre ein passender Ausdruck gewesen. »Gediegen« hätte es eventuell gebracht, meinetwegen auch »spießig« ... aber unsichtbar?

Die ganze Sache hat natürlich auch ihre guten Seiten. Stell Dir vor, welch sagenhafte Perspektiven sich da auftun. Beim Ladendiebstahl. Beim Straßenraub. Beim Terrorismus.

Der Polizeipressesprecher gibt bekannt: »... alle Zeugen erklären übereinstimmend, dass sie am Tatort nichts Auffälliges bemerkt haben...«

Auf geht's, meine Damen!

Fastenwandern

Also, da kenne ich nur das Heilfasten nach Dr. Bauchfinger. Man bekommt Frühstück, Mittagessen, Kaffeetrinken, Abendessen, ein Doppelzimmer, Morgengymnastik und abends Vorträge über Heilfasten nach Dr. Buchfink. Die meisten Heilfasten-Provider kombinieren diesen Service mit Wandern, den ganzen Tag Wandern. Da kommt man wenigstens nicht auf den dummen Gedanken, mal schnell im nächsten Bistro einen Milchkaffee zu zischen oder einen Früchteeisbecher einzupfeifen. Ach ja, wo wir gerade beim Essen sind: Das Frühstück nach Dr. Birkenstock besteht aus 16 Sorten Tee, den man in der Gruppe an einem adrett gedeckten Tisch einnimmt nach dem Motto: Wer schafft die meisten Tassen. Die Teesorten haben exotische Namen wie Wüstensand, Strandhafer, Herbstgras und schmecken auch so. Das Mittagessen besteht aus einem Fingerhut Demeter-Saft, z. B. Rote Bete, der dann mit einer stets bei sich zu führenden Thermoskanne voll klaren Wassers verdünnt werden muss, damit man keinen Vitamin- oder Kalorienschock bekommt. Das Kaffeetrinken besteht aus viel Mineral- oder Leitungswasser – zum Abendessen gibt es eine Wassersuppe, in der vorher Gemüse der Jahreszeit gebadet wurde. Wenn man ganz doll bittet, gibt's ein paar Krümelchen Petersilie oder ein klitzekleines Teelöffelchen Hefeflocken dazu...

Das Schönste an Dr. Brautfeger ist das Heilfasten und die Darmentleerung, ganz besonders schön natürlich wieder in der Gruppe.

Dieter, der diplomierte Fastenwanderer mit Klettersandalen und Pferdeschwanz reicht jedem der Reihe nach den TRANK (Glaubersalz in Wasser und ein Schuss Zitrone, damit es nicht so eklig schmeckt) – und dann runter mit dem Zeug. Man will sich ja keine Blöße geben. Dazu kommt es aber dann doch meist schneller als erwartet – einer nach dem anderen verschwindet mit entschuldigendem Blick Richtung Toilette, die anderen verfolgen seinen gekrümmt-hastigen Laufstil mit mitleidiger, wissender Anteilnahme. Wer ist der Nächste? Dieses kathartische Gruppenerlebnis nach Dr. Bauchfistel ist einfach existenziell und so, jedenfalls irgendwie absolut...

Wer also Bescheid weiß und auf DAS Gruppenerlebnis schei..., also, pfeift, der macht das vor der Anreise ganz allein zu Hause. Allerdings braucht man dann noch einige besonders gute Ausreden, um die abendlichen Vorträge über die Darmreinigung nach Dr. Brumfinger mit liebevoller und detaillierter Präsentation der verschiedensten Darmreinigermodelle erfolgreich schwänzen zu können.

Alles andere ist dann easy. Schließlich sucht man sich fürs Heilfasten die schönsten Wanderorte aus: Mallorca, Südafrika, Usedom, Rügen.

Wir waren auf Rügen und machten unseren gewohnten Abendspaziergang am Strand entlang just auf jenem Weg, auf dem man unweigerlich zu dem kleinen Kiosk gelangen musste, wo man ein Glas Wein bei einer schönen Zigarette, später auch mal ein Eis, ich bitte Sie, EIN Eis, oder den guten dänischen Apfelkuchen mit Sahne... Wichtig ist, dass man dabei nicht einfach so mit der Tür ins Haus fällt. Durch kleine, subtile Randbemerkungen versucht man in Erfahrung zu bringen, wo die potenziellen Bundesgenossen sich verborgen halten und des Outings harren. Bemerkungen wie:

»Na ja, ganz so ernst muss man das ja alles nicht sehen mit dem Fasten. Sie schon gar nicht, bei Ihrer Superfigur.« Oder: »Meine Ärztin sagt, dass ein Glas trokkener Weißwein bei Einschlafproblemen während einer Fastenkur durchaus hilfreich...« Mal so in die Runde streuen und auf Reaktionen warten.

Übrigens, beim Abfasten muss man sich einen schönen Rastplatz in der Landschaft suchen, einen alten Thing-Baum z. B. – und dann reicht einem Dieter ein Achtel meditativ geschälten Apfel, den man 126 mal kauen muss. Abends bekommt man dann das andere Achtel. Wem das nicht reicht, der hat ja immer noch den Kiosk.

Dr. Bauermeister, der am letzten Abend persönlich anwesend war und den ich ein paar mal mit »Dr. Bodelschwingh« oder auch mit »Dr. Bruchsal« (»Dr. Brechmittel« hatte ich mir verkniffen) angesprochen hatte, machte mich darauf aufmerksam, dass ich den Wochenendkurs »Konzentration im Alltag mit Hilfe von Ayurveda« mitmachen könne. Den sollte er mal lieber selber machen. Schließlich hatte er mich abwechselnd als Frau Schmidt und als Frau Meier tituliert.

Toast Hawaii

Erinnern Sie sich noch an die Fünfziger Jahre? Auch roaring fifties genannt? Als richtige Männer noch richtige Frauen zu schätzen wussten und richtige Frauen noch richtiges Essen? – Das waren Zeiten! – Buttercremetorten waren auf jedem festlichen Ereignis ein must. Kroketten wurden zu allen Mahlzeiten gereicht, außer zu Spaghetti. Mayonnaise – wie französisch das klang! – durfte praktisch über jedes Gericht gekippt werden und Remoulade noch obendrauf.

Ach Gott ja, alles was gleichzeitig satt und fett machte

und auch so aussah und außerdem noch irgendwie an exotische Länder erinnerte, wurde reingeschaufelt, bis man platzte. Männer mit Bauch liebten Frauen mit Hüften. Und Frauen mit Hüften liebten den Geflügelsalat Florida, die Königin-Pastete und Russische Eier. Vor allem aber liebten sie den Toast Hawaii. Wohlgemerkt: Es ist von Vorspeisen die Rede; danach gab's dann erst das richtige Essen, dessen Ausmaße auch nicht von Überlegungen in Richtung Kalorienzählen oder ähnlichem Quatsch angekränkelt waren. Das ging auch gar nicht, weil die Kalorie noch nicht erfunden war und das Vitamin zu Recht ein Dasein am Rande des Küchentisches fristete.

Toast Hawaii! Wir wussten, dass es auf Hawaii kein Bier gibt, aber wir wussten auch, dass Hawaii die Heimat der Ananas ist. Wäre allerdings diese Insel tatsächlich die Heimat aller in Deutschland im Zuge des TH verzehrten Ananasscheiben gewesen, so hätte sie landauf landab, an Stränden und Lagunen, in Schluchten und Tälern, mit Ananasfrüchten bepflastert sein müssen. Und zwar dreimal übereinander.

In Wirklichkeit aber war die Ananas für den Toast Hawaii in Dosen zur Welt gekommen. Die Maraschinokirsche, welche den TH oben krönte, wuchs in kleinen Gläsern auf. Käsescheibletten: Ihre DNS erwachten in einem Rührbottich zum Leben. Toast besaß ein Haltbarkeitsdatum von sieben Monaten und der Schinken hatte nie eine Sau gesehen.

Das war auch völlig richtig so. Beim TH konnte man sicher sein, dass keine Verbindung zu unappetitlichen Tieren nachzuweisen und keine Zutat durch Menschenhand vergiftet oder beschmutzt war: Es handelte sich um astrein voll synthetische Fabrikware. Das war gesund und lecker! Das war modern! Schließlich trugen wir ja auch keine Bärenfelle mehr, sondern Nylonblusen und Trevirahosen.

Das Leben war schön!

Dann aber kam der backlash. Hirsepicker übernahmen das Kommando. Die Erfinder von Kamikaze und Harakiri reichten rohen Fisch. Nouvelle Cuisine trat auf den Plan – eine Richtung, bei der man nie genau weiß: Ist das jetzt schon das Futter oder nur die Tellerbemalung?

Und doch! Was gut und bewährt ist, kann nicht untergehen – der Toast Hawaii lebt! Im Untergrund! In Kneipen, die »Bei Ernst und Käthe« oder »Hella's Bierbar« heißen. In Pensionen namens »Waldesruh«. In versteckten Cafes, wo alte Damen mit beigen Velourshüten spannende Geschichten darüber erzählen, was ihre Schwiegersöhne von Beruf sind. Und unsere so viel geschmähte junge Generation sorgt klammheimlich dafür, dass der TH seinen ihm gebührenden Platz wieder einnimmt – kaum verändert, aber größer und schöner denn je: als Pizza Hawaii.

Eishockey

Wenn man sich in einem rekonvaleszentem Zustande befindet, glauben sie ja alle, dass sie mit einem machen können, was sie wollen. Der Familienrat trat zusammen und beorderte mich aufs Land – zur Erholung! – obwohl mir nach endlosen Spitalaufenthalten der Sinn mehr nach »Shopping bis zur Tagesschau« (Slogan des Altonaer Einkaufszentrums Mercado) stand oder nach dem Besuch schicker Nachtclubs. Die gibt's aber wohl gar nicht mehr, außer in Filmen aus den Dreißiger Jahren und in Form von »Café Keese«. Das ginge zur Not noch; gegen Damenwahl habe ich gar nichts einzuwenden, wenn man sich mal vor Augen führt, wie das Angebot in Hosen heute aussieht.

Neben dem Einatmen der so genannten frischen Luft soll ich in erster Linie das Haus von Tante Lorchen einhüten. Tante Lorchen erholt sich ihrerseits in New York. Zu behüten ist allerdings weniger das Haus, als »Katze«, wie Lorchens 19 Jahre alte Katze heißt. Katze ist nachts wach und miaut durchs Haus. Wenn die dann Ruhe gibt, ist es auch schon Zeit für die Hähne, und danach fährt man offenbar einmal mit dem Trecker um den Block und sieht nach, ob die Äcker noch da sind.

Ansonsten gewöhne ich mich langsam ein. Ich habe immer etwas Kleingeld dabei, falls mich mal ein Bauer um ein paar Groschen anhaut, aber bis jetzt hat noch keiner gefragt. Und ungefragt will ich hier auch niemandem Geld zustecken, die Leute werden sonst vielleicht zu zutraulich. Vor der Post hängen keine Junkies rum, man kann sie aber trotzdem recht gut finden – die Post – sie haben so ein gelbes Schild davor gehängt, mit einem Posthorn drauf. Wenn man mehr als 30 Mark abhebt, muss man dem BLICK der Postfrau standhalten, der besagt: »... wo wollen Sie *das* denn hier ausgeben?« In der Post wurde mir von der guten Landluft ein wenig schwindlig, da wurde ich teilnahmsvoll von der Frau Post gefragt: »Eishockey?« Nein, nein, versicherte ich hastig, aus dem Alter wäre ich raus und ... Es hieß in Wirklichkeit aber »Alles okay?«

Rundherum ist es lauter als auf dem Kiez, die Nachbarn feiern nachts und saufen wie die Punks, danach spielen sie wie nicht ganz gescheit Trompetensoli in den Nachthimmel, damit ich wach werde, und wenn ich dann wieder am Einschlafen bin, brüllen sie noch ein paar Geschichten über Schleswig-Holstein-Meerumschlungen oder Nordseewellen mit Akkordeonbegleitung in Richtung Pferdekoppel. Das Schlimmste ist die nicht vorhandene Koffeindealerszene in den Dörfern zwischen den Kuhweiden. In der einzigen Kneipe gibt es praktisch nur »Lütt un Lütt« für die Herren (Bier und Korn) oder das »Damengedeck« (Korn und Bier).

Wie oft habe ich mir dieser Tage im Halbschlaf des marternden Koffeinentzuges einen fahrenden Espressostand gewünscht, der klingelnd übers Land fährt und seine Kundschaft mit den süßen Rufen »Schpressuuu, Naaatas, Krossang mit Ziegekäse« ... (Autorin wird von Weinkrampf geschüttelt) lockt. Dazu spielt einem ein Endlostonband Cafégeräusche ein. Dialogfetzen wie »... das erinnert mich an meinen Dreh in Rom...«, »... als Artdirector muss ich da ganz anders rangehen...«, »Emilia, hast du noch zwei Doltsche für mich?« lassen ein Heimatgefühl entstehen, so dass man spontan einen politisch höchstwahrscheinlich unkorrekten Vertriebenenabend einberufen möchte.

Alle meine Hunde

Mein erster Hund war kein Hund, sondern ein Fuchs, den die Bauern gefangen und in einen Hühnerkäfig gesteckt hatten. Ich marschierte – so berichtete meine Mutter – jeden Tag dorthin und wartete darauf, daß er »Wauwau« machte, wie ich es aus meinen Bilderbüchern kannte. Irgendwann war er nicht mehr da, und andere, richtige Hunde tauchten in meinem Blickfeld auf (die übrigens auch nicht »Wauwau« machten, das macht kein Hund). Nämlich die Bauernhunde. Die Bauern hielten sich Hunde nicht aus psychischen, sondern aus Gründen praktischer Natur. Sie bewachten den Hof, jagten den Kindern Angst ein und wurden für die Jagd gebraucht. Es waren hauptsächlich grau- oder braungefleckte Jagdhunde, die auf »Tyras« und »Hektor« hörten und fast immer an einer Kette lagen. Herr Bode von der gegenüberliegenden Meierei hatte einen Schäferhund, der versucht hatte, mich zu beißen, als ich sieben Jahre alt war. Seitdem schickte ich meine kleine Schwester zum Milchholen.

Dank des Flüchtlingsstromes besaß das Dorf auch einen Zahnarzt, der unten bei uns im Hause, genauer gesagt: im Keller eine Praxis aufmachte. Er hatte einen Dackel, dessen Namen ich vergessen habe, aber wir tauften ihn »Pipi«, weil er, wo er ging und stand, eine Pfütze hinterließ. Für die beiden kleinen Kinder des Zahnarztes immer wieder ein Anlass, das arme Tier zu beschuldigen, wenn sie selbst sich vergessen hatten.

Später war ich dann mit einem Herrn liiert, der Hunde hasste, weil die Teckelschar, die in seinem Elternhaus das Kommando übernommen hatte, quasi von Geburt an auf den wertvollen alten Stühlen mit Gobelinstickerei sitzen durfte. Er durfte das erst, als er das Abitur hatte.

Dann zog Martina mit Timber unter mir ein, das war ein Beaucien, ein französischer Schäferhund. Timber war groß und schwarz mit brauner Schnauze und braunen Pfoten und sah so gefährlich aus wie ein Dobermann, was nur von Vorteil sein kann, wenn man eine Frau ist und in Altona wohnt. Wenn nachts in Martinas kleinem Garten irgendwer zugange war, dann merkte sie es daran, daß Timber unter ihr Bett kroch. Sie beschimpfte ihn dann, was ich oben alles haarklein mitkriegte. »Hört sich an, als wärt ihr verheiratet«, sagte ich. »Ist auch so ähnlich«, erwiderte sie, »jetzt hat er auch noch Prostata...«

Der Garten nebenan war das Revier von Trixi, einer komplett haarlosen Dackelin, die zu Frau K. gehörte. Trixi war bösartig. Sie kannte mich seit mehreren Jahren, tat aber so, als hätte sie mich noch nie gesehen und verteidigte ihre Chefin – oder doch eher sich selbst, ich hielt sie für eine Solipsistin – als sei ich ein gedungener Killer.

Nachts saß sie im Garten und bellte den Mond an oder einfach alles, was nicht Trixi hieß. »Echt taff dein Köter« hörte ich einmal einen Punk bewundernd zu Frau K. sagen. Die Punkerhunde sind eher verspielt und harmlos, trotz ihrer martialischen Namen, Satan oder Wotan: »Wotan, beweg deinen Arsch, aber dalli!« Einer heißt sogar »Kacke«. Und die ist es denn auch, die mich, seit ich in Hamburg lebe, von einer tiefer gehenden Sympathie für Hunde abgehalten hat.

Knuddelschwein

In der letzten Woche tat es am Nachmittag einen plötzlichen Knall vor meinem Gartenfenster, gleich darauf hörte man eine Art Jaulen. Dann bellte es wie verrückt. Soso, dachte ich, jetzt hat das Heteropack aus dem Dritten endgültig den Stammhalter aus dem Fenster geschmissen, das wurde ja auch mal Zeit... bzw. das ist ja wirklich nicht schön. Ich hoffe jedenfalls, dass ich das gedacht habe. Es stimmte aber nicht, denn mit einem Blick aus dem Fenster stellte ich fest, dass es der Kater von Sönke aus dem vierten Stock war, der jetzt ziemlich platt auf Martinas Gartentisch neben dem Birnbaum lag und jammerte, was das Zeug hielt. Er war auf dem Balkongeländer balanciert, das vom Regen noch glitschig war, und subito den Abgang nach unten gemacht. Um den Tisch herum tobte Timber, Martinas Hund, und bellte, als kriegte er dafür bezahlt.

Soviel ich weiß, hat die Angelegenheit Sönke 400 Euro gekostet und den Kater zwei Drittel seiner primären Geschlechtsmerkmale, denn der Tierarzt hatte diese nach der Bandagierung der Rippen »in einem Aufwasch«, wie er sich ausgedrückt haben soll, gleich mit entfernt.

All das Gebelle und Gemaunze, das Spezialfutter und die teuren Arztrechnungen kann man sich aber jetzt ersparen, wenn man sich ein ganz anderes Haustier anschafft: ein Knuddelschwein. Jaha! Das gibt es! Superneu! – Es handelt sich um eine kleingezüchtete Hängebauchschweinsorte »zum Liebhaben«, welche leise, stubenrein, alles fressend (also wie Sie und ich) und superintelligent ist. Wobei ich keinen großen Wert auf Intelligenz lege, ehrlich gesagt. Mein Bonsai-Ferkel hat womöglich einen höheren IQ als ich? Das ist doch kein schöner Gedanke. Den wir übrigens im Freundeskreis bei einer guten Flasche Wein auch schon mal weitergesponnen haben: »Stell dir vor, deine Frau brennt mit einem Schwein durch...«

Dennoch hat solch ein Knuddel immer noch viele Vorteile. Sie können es passend zum Sofa bestellen, denn es ist in den Farben braun, beige, schwarz und dalmatiner lieferbar. Zudem dürfen Sie Ihre Verwandten mit Katzen- und Hundehaarallergien wieder einladen – natürlich nur, wenn Sie es möchten –, denn von Schweine-Allergikern habe ich noch nie etwas gehört. Zudem müssen Sie nichts extra einkaufen, denn es kann quasi mit am Familientisch sitzen, weil es haargenau das frisst, was auch Ihnen und mir schmeckt. Obwohl mir die Vorstellung, unseren neuen Hausschatz an einem Kotelettknochen nagen zu sehen, ein wenig unangenehm ist.

Und wenn dem Süßen einmal etwas noch Schlimmeres passieren sollte als Sönkes Kater – der allerdings dumm wie Brot ist, deshalb glaube ich das eher nicht –, also auch im potentiellen Trauerfall gibt es kein großes Hin und Her mit Tierarzt und behördlichen Genehmigungen von wegen im eigenen Garten begraben und so weiter, sondern die Sache wird sauber und appetitlich gelöst: Ein wenig Salz, Pfeffer und Salbei nach Geschmack, auch ein Apfel und ein bisschen Petersilie darf dabei sein, und dann den Ofen auf 250 Grad vorheizen.

Kinder haben manchmal etwas eigenartige Ideen in Bezug auf ihre Lieblinge. Denen können Sie ja sagen, es sei gefüllter Hund.

Evolution

Manche Leute schwärmen ja von der Evolution. Wie sie alles so geschickt gedeichselt hat; Photosynthese, Zellteilung, Archaeopteryx, Lymphdrüsen und so weiter. Aber ich finde, wenn man ehrlich ist, dann muss man zugeben, dass die Evolution in erster Linie viel Scheiß gebaut hat und reichlich chaotisch vorgegangen ist.

Dass sie Atome und Moleküle, aber keine Menschen unsterblich gemacht hat, ist ja so weit in Ordnung. Man stelle sich nur mal vor, mit wem man dann in alle Ewigkeit herum hängen müsste. Aber ihr Prinzip, die Leute einigermaßen funktionsfähig auf die Welt zu bringen, um sie dann nach der Geschlechtsreife und nachdem sie die Art erhalten haben, sich selbst und jeder Menge Viren und Bakterien und Schrumpfungsprozessen zu überlassen, kann man doch wohl nicht gutheißen. (Es gibt bloß ein paar Ausnahmen, z.B. Schildkröten; da hat sie wohl irgendwie nicht aufgepasst). Einige Personen sind ja ganz begeistert über diese Entwicklung, aber die Evolution hat wahrscheinlich bei ihrem ganzen Gemache und Getue nicht direkt an die mögliche Hervorbringung von Ärztekammern und Pharma-Industrien gedacht.

Überhaupt hätte es genau andersrum laufen müssen. Eine entwickelte medizinische Versorgung wäre zu einer Zeit notwendig gewesen, als unsere Vorfahren noch auf die Erfahrungen älterer Leute angewiesen waren. »Wenn der Mond da oben ziemlich schräg hinter den Palmen steht, kommt meist der Säbelzahntiger aus seinem Versteck«, hätte beispielsweise der Neandertal-Opa der Truppe sagen und damit einige unappetitliche Massaker verhindern können. Konnte er aber nicht, weil er leider kurz zuvor an Karies oder Heuschnupfen dahin geschieden war. Und zwar mit 28 Jahren.

Und heute, wo man viel älter wird und einiges von dem weitergeben könnte, was man so alles gelernt hat, will es keiner mehr wissen. Dass man beim Oberhemdenbügeln mit der Schulterpartie anfängt oder dass man Steaks nicht in lauwarmes Fett legt, dann kann man es ja gleich kochen – das interessiert doch kein Schwein!

Das meiste von dem, was heute wichtig ist, erfährt man normalerweise von zwölfjährigen Knaben in zerknüllten T-Shirts und voll gestopft mit fast food, die einem die soft-ware wieder in Ordnung bringen, wenn man mit seinen arthritischen Händen und bereits abgebauter Hirnsubstanz irgend welchen Mist gemacht hat.

Der Gerechtigkeit halber müsste die ganze Entwicklung jetzt mal wieder rückwärts laufen. Und wenn man sich das Fernsehprogramm anschaut, dann sehe ich da durchaus eine Chance.

Mehr Demokratie wagen

Alle zwei Jahre wird mir als der Landwirtschaftsbeauftragten einer Tageszeitung mit dem Schwerpunkt »Kuh« von der Redaktion ein Statement bewilligt. Einmal durfte ich an dieser Stelle unter dem Titel »Gewalt gegen Bauern« über den Unfallort Kuhstall berichten. In bewegenden Worten wusste ich die Unbill zu schildern, der unsere Gummistiefel tragenden und besoffen Dieselmercedes fahrenden Mitbürger Tag für Tag beim Melken ausgesetzt sind. Eine Recherche, die ganz offensichtlich die Landwirtschaftskammern aufhorchen und nach Möglichkeiten rascher Abhilfe suchen – und finden ließ! Es ist soweit, meine Damen und Herren, liebe Kühe: Nicht nur »Unfallverhütung«, sondern auch »Mehr Demokratie wagen« heißt es mit einigen Jahren Verspätung jetzt auch im Standort Kuhstall! Nicht der Bauer, sondern die Kühe entscheiden künftig, wann sie gemolken werden. Und nicht der Bauer kriegt einen mit dem Kuhschwanz gewischt, fällt vom Schemel und bricht sich die Ohren in der Kuhscheiße, sondern der Melkroboter. Wirklich wahr! Auf dem Weg zum Fressen betritt die Kuh die Melkbox – kann sie, muss sie aber nicht –, wird vom Roboter aufgehalten, kriegt vier Zitzenbecher verpasst und wird abgemolken. Dann schwenkt der Arm des Roboters mit den vollen Bechern zur Seite, die Tür öffnet sich und die Kuh verlässt den Raum.

Sie wird also nicht mehr zweimal am Tag zu regelmäßigen Zeiten gemolken, sondern kann diese Melkbox jederzeit und ganz nach Gusto aufsuchen. Im November soll mit zwei Gruppen von Kühen getestet werden, ob die das packen. Für jemanden wie Sie, liebe Leserin, die höchstens ein bis zwei Kühe zu Hause betreut, wird sich der Spaß allerdings nicht lohnen, denn eine solche Melkanlage kostet 150.000 Euro. Die Begeisterung in Kuhkreisen hält sich also noch in Grenzen.

Deshalb sollte man auch Kritikern keinen Glauben schenken, die meinen, bei dieser Innovation handle es sich vor den Wahlen nur um Stimmenfang.

Das glaube ich nicht. Bei uns gibt doch so oder so jedes Rindvieh seine Stimme ab.

Fun 4 you

Ich habe jetzt eine Menge E-mail-Freundschaften, was sich wirklich lohnt, denn erstens ist es billiger zu E-mailen als einen Brief zu schicken, der in der Vorweihnachtszeit, aber auch zu allen anderen Jahreszeiten, von Lokstedt bis Altona (Hamburger Stadtteile) fünf Tage braucht, und zweitens kann man die E-mails radikal ausschlachten, wenn einem selbst gerade nichts einfällt.

Herr Marius beispielsweise berichtete von einem Humorfestival in der Schweiz, was ungefähr so passend sei wie ein doppelter Wadenbruch auf einer Skipiste. Sagt er. Aber als Schweizer kann er die Schweiz natürlich nicht leiden.

Das Ganze fand in Arosa statt, das ist ein schnieker Ski-Ort, wo, wie er schreibt, langhaarige braungebrannte Spätdreißiger hinter langhaarigen braungebrannten Frühzwanzigerinnen herstiefeln. Alle haben sie Skier dabei, die sie aber nicht bloß zum Herzeigen haben, sondern ab und zu sogar zum Sichdranlehnen. Ski gelaufen wird auch gar nicht mehr. Man betreibt Scarving oder Snowboarding, was beides aussieht wie Skifahren, schmeckt wie Skifahren und auch so kalte Füße macht wie Skifahren, aber kein Skifahren ist, sondern viel viel amerikanischer. Das erinnerte mich gleich an amerikanisches Essen, das sie hier neuerdings in Restaurants anbieten. Mit dem Unterschied, dass es zwar aussieht wie Essen, aber keines ist. So etwas gibt es in der Schweiz auch, und das heißt Kafi. Es soll so schmecken wie die Leute aussehen, die es trinken. Man erhält es in einem Glas ohne Griff, damit man sich die Pfoten verbrennt, und es besteht aus möglichst oft aufgewärmtem alten Kaffee. Man tut fünf Stücke Zucker hinein und den Schweizer Nationalschnaps, der »Schnaps« heißt. Ich finde aber, das hört sich gar nicht *so* schlecht an.

Der Ort Arosa hatte sich dem Motto »Fun 4 you« unterworfen, was soviel bedeutet wie »Spaß vier dich«. Herr Marius vermutete sogleich einen ungarischen Zigeuner als Werbetexter (wenn er nicht privat geschrieben hätte, hätte er vielleicht Sinti bzw. Roma geschrieben. Aber nur vielleicht.): »Habä gemacht aine ganz scheene Slogan vier Sie!« Solche Späßchen kennen wir in Deutschland ja auch; nehmen wir nur mal die U 2. Ich hatte die U2 immer für eine Hamburger U-Bahn-Linie gehalten, die von Niendorf Markt über Schlump und Barmbek nach Wandsbek-Gartenstadt fährt. Ganz verkehrt. Wie ja alle außer mir schon lange wissen, handelt es sich um eine Musikgruppe, die eigentlich Du zwei heißt. Oder Sie zwei, das weiß man im Englischen ja nie so genau. Es wäre aber logischer: »Sie zwei da, würden Sie ma bidde vonner Bahnsteigkante zurücktreten?«

Frische Mädchen, frische Brötchen

Endlich wieder nach La Palma! Auf dem Hinflug saß nebenan ein hüstelnder Herr, der 2,5 Stunden benötigte, um die *Bild*-Zeitung zu lesen, was ich ja offen gestanden auch gerne können würde, weil man auf die Weise nicht immer so viel zu lesen mitnehmen muss.

In meiner Jugendzeit gehörte es sich, dass junge Mädchen bis 4 Uhr nachmittags schliefen, wenn sie frei hatten. Nicht so die zweite Nichte und Paulina, ihre Freundin, die mich begleitet hatten. Um sieben Uhr morgens standen sie gestiefelt und gespornt an meinem Bett und schmetterten: »Jaja, in Spanien, da gibt es Mädchen, und die sind frischer als frische Brötchen...«

Komisch, ich dachte immer, dass ich mich an jeden bescheuerten Schlager der letzten hundert Jahre erinnere, aber an diesen nicht. »Dann zischt mal ab, um welche zu holen«, ächzte ich. Aber sie ließen mich nicht in Ruhe, sondern schleppten mich in eine Bar, wo wir frühstücken mussten. Zum Glück war es keine Macho-Männer-Bar, wie sie nur in den etwas größeren Städtchen anzutreffen ist.

Von diesen ließen sie dann keine aus. Allerdings guckten sie nur kurz hinein, riefen munter: »Na – so allein??« und marschierten weiter, zur nächsten Bar. Ich bin ja auch sehr für die Emanzipation der Frau, aber nicht im Urlaub.

Mittags, am Strand, unterhielten sie sich über ihre Lehrer, die anscheinend immer nach kurzer Zeit »in die Klapse« kamen. Was mich übrigens überhaupt nicht wundert, denn in einer schönen gemütlichen psychiatrischen Anstalt hätte ich mich bestimmt auch besser erholt.

Anschließend schrieben sie haufenweise Karten an die daheim gebliebenen Freunde, aber von dem Erwerb von Briefmarken sahen sie ab: »Ja – was denn?! Da ham wir schon den Ärger mit dem Kartenschreiben...«

Eigentlich wollten wir auf La Palma das girlscamp nachstellen (also, *ich* nicht!), aber die Super 8-Kamera von Paulina funktionierte glücklicherweise nicht, die war von einem Freund geliehen, dem sie auch schon mal Karten geschrieben hatte. Da war die Nichte sauer, denn sie wollte die blonde Schlampe mit den teuren Badelatschen spielen.

Stattdessen spielten wir das Geld-Spiel. Das ist irgendwas mit Karten. Bube, Dame, König, As legt man auf den Tisch und packt dann Geld drauf. Als ich 2 Millionen Peseten Miese hatte, gab ich auf. Danach spielten wir das Frauennamenspiel: Flair und Ambiente, die begabten Töchter des Innenarchitekten Dr. C.; Aorta von Königsmarck, Freundin von August dem... und die schönen Zwillingsschwestern Antibiotika und Anabolika, geliebte Töchter des 2. Vorsitzenden des Olympischen Komitees...

So reihte sich ein schöner Tag an den anderen.

Auf dem Rückflug kam ich mit einem etwa 10jährigen Jungen ins Gespräch, der neben mir saß, den fragte ich, was Pokemons eigentlich seien. Dass es nichts zum Essen ist, wusste ich schon. Er war sehr erfreut und sagte mir als erstes alle Namen auf. Als er beim 80. angekommen war, sagte ich, dass das jetzt okay wäre, aber da mussten wir schon aussteigen und er sagte: »Danke für das Gespräch!« Immerhin! Solche Jugendlichen gibt es also auch noch.

Frankreisch

Wenn es Anfang Juni morgens um 6 elf Grad hat und um 12 Uhr desgleichen, dann muss man sich überlegen, ob man nicht Freunde irgendwo im Süden hat, die dort ein oder zwei Häuser haben...

Ich flog mit Sabena (Such A Bloody Experience Never Again), die es jetzt ja gar nicht mehr gibt, wo es als »Snack« tiefgefrorene Käsebrötchen gab, die von ein wenig übergewichtigen Stewardessen serviert wurden, und außerdem gab es ab Brüssel nur fette Belgier, die in Zeitschriften blätterten mit Überschriften wie: »16-jarige geeft een bommelding toe«. Ich grübelte ziemlich lange darüber nach, was wohl ein »bommelding« ist, aber da landeten wir schon in Marseille. Von hier aus fuhr ich mit einem Bus nach Uzès. Es dauerte aber einige Stunden, bis wir dort ankamen, weil eine Benutzung der gebührenpflichtigen französischen Autobahnen vermieden werden musste. Außer mir waren noch eine Lehrerin und etwa 35 französische Kinder im Bus, die Mohammed, Karim, Juliette und Pascal hießen, also ungefähr so wie hier. Übrigens frage ich mich, wo all die südfranzösischen Namen geblieben sind, wie Marius und Aimee. Und Fanny.

Nach einer Stunde nahmen alle Kinder ihr zweites Frühstück ein – auf einem Picknickplatz neben einer Ausfallstraße mit Supermärkten und McDonald's, die Franzosen lieben so was –, um anschließend im Bus ihre CDs für ihre Discmen auszutauschen und gelegentlich von ihren Sitzen zu fallen. Danach diskutierten sie darüber, wer wen heiraten würde, bis die Lehrerin sagte, morgen würde *sie* bestimmen, wer wen zu heiraten hätte. Die Kinder waren etwa neun Jahre alt.

Abends wurde ich dann gleich zu einem Aperitif eingeladen. Der fing um fünf an und war um zehn noch nicht zu Ende. Es herrschte eine recht lose Stimmung. Meine Gastgeber hatten allerdings den Verdacht, dass ich was darüber schreiben würde und benahmen sich tadellos. Anfangs unterhielt man sich in etwa vier Sprachen, aber gegen neun Uhr dann nur noch in Form von gutturalen Zisch- und Grunzlauten. Immerhin bekam ich mit, dass man in Andorra prima einkaufen könne – »Shopping in the mountains«, wie eine Engländerin betonte –, und dass Madame Le Grand neulich ihrer Katze, die in die leere piscine gefallen war, eine Mund-zu-Mund-Beatmung verabreichte. Es nützte aber nichts, da Madame keine Ahnung von erster Hilfe hatte. Ich schätze, dass sie die Katze aufgeblasen hat.

Paparotti

Jaja, da sitzen wir am Frühstückstisch und Hedda erzählt, wovon am Geburtstag ihrer Mutter die Rede war. Hat doch Prinz Edward jetzt eine Frau, die genauso aussieht wie Diana. Sie hatten wohl denselben Frisör. Da kann man nur hoffen, dass Sophie einen besseren Chauffeur hat. Noch einmal Kendl in se wind und noch einmal verheulter Pavarotti kann ich nicht verkraften.

Aber wie wir nun einmal sind, schweift die eine oder andere ab, das Thema wechselt beizeiten, und es wird das beliebte Spiel »Wo warst du, als ... das Sparwasser-Tor fiel... die Amerikaner auf dem Mond landeten...« ausgegraben. Da kommen wir doch schnell wieder zurück auf Diana. Ich zum Beispiel trat damals gegen neun Uhr morgens gutgelaunt auf den Balkon, es war Sonntag, »es war Sommer« (Peter Maffay), und unten im Garten saß Martina völlig zusammen gebrochen in ihrer Hollywoodschaukel und teilte mir mit, dass in der letzten Nacht Diana... »Und deshalb bist du in Trauer?« fragte ich. »Nicht direkt, aber ich bin erst um drei nach Hause gekommen, und um halb sieben rief meine Mutter an, weil sie die Frühnachrichten gehört hat...«

Hedda ihrerseits war gerade bei Verwandten auf Besuch, und da kam dann die Schwiegermutter von irgendwem rein, um zu sagen: »Stellt Euch vor, diese englische Prinzessin ist von Paparottis zu Tode gehetzt worden!«

Aber viel interessanter ist ja doch die Geschichte mit Caroline von Monaco und Ernst-August von Hannover, die, wie sich inzwischen heraus gestellt hat, heiraten mussten. Ich muss immer etwas sortieren, wer Stefanie und wer Caroline ist. Stefanie ist die mit dem breiten Schwimmerkreuz, die andauernd von ihren Leibwächtern schwanger ist. Caroline ist folglich die mit den Kindern, die Witwe. Damals war ich quasi dabei, als ihr einer Mann – der dritte? der fünfzehnte? – sich mit dem Rennboot tot gefahren hat. Ich saß in Italien vor dem Fernseher und wartete auf eine furchtbar wichtige Sportsendung. Jedenfalls warteten mein Begleiter und jede Menge italienischer Männer darauf, und ich täuschte Interesse vor, als plötzlich alle Programme unterbrochen und Zeitlupenaufnahmen vom zerberstenden Boot gezeigt wurden. Sofort hatte man auch 217 Augenzeugen zur Hand, die seit 54 Jahren mit dem Verunglückten befreundet waren und wussten, warum bei Tempo 120 eine Bö das Boot erfassen und umwerfen konnte. Was sie nicht wussten, ist, dass fast alle Rennbootfahrer Hämorrhoiden haben, weil das Darmgewebe die ständigen harten Aufschläge aufs Wasser bei Wellengang nicht aushält. Das stand übrigens später im *Stern*. Da sieht man mal, wozu der *Stern* gut ist.

Hat nicht dieser Ernst-August neulich oder sowieso immer einen Fotografen mit einem Regenschirm attackiert? Eine Fechtausbildung zeugt von Hochadel. Insofern hat Caroline als Tochter einer Filmschauspielerin und eines Faschingsprinzen nach oben geheiratet. Aber musste es denn ein Hannoveraner sein? Naja, vielleicht wird Monaco Partnerstadt der nächsten Expo und übernimmt die Schulden.

Fußballerisch böte sich eine Fusion von Hannover 96 und dem AS Monaco an. Der AS Monaco hätte endlich mal wieder Zuschauer und Hannover 96 hätte endlich mal wieder Geld. Ich weiß nur nicht, was Niedersachsenstadion auf französisch heißt. Oder Monaco auf niedersächsisch.

In Hamburg unterwegs

Wenn man wie ich hauptsächlich mit öffentlichen Verkehrsmitteln unterwegs ist, erhält man nebenbei eine Menge Informationen, auch solche, die man gar nicht haben möchte, z. B. ziemlich ausführliche Gespräche über das Thema, ob man bei einer Bronchitis morgens oder abends stärker verschleimt ist. Oder schrille Kinderstimmen, die Sachen sagen wie: »Mutti, weißt du noch, wie Ulf neulich aufen Kadohm ausgerutscht ist«, oder »Mutti, du sitzt auf meinem Lolli«. Ich kann jetzt auch in allen Einzelheiten wiedergeben, was sich zwei alte Damen in auberginen Filzhüten über die Familie F. erzählten: Der eine Bruder ist Einzugsbeamter bei der Krankenkasse, der andere Frisör und der dritte ein Krämer, der unfrische Waren an Vorübergehende verkauft. Es war noch die Rede von einem vierten, der aber wohl nur irgendwie eingeheiratet hatte – man kriegt ja nicht immer alles so genau mit. Der jedenfalls wollte Richter werden und hatte sich schon eine Goldrandbrille gekauft und einen Scheitel machen lassen, da ... passierte irgendwas Sensationelles, nehme ich mal an, denn ich musste die U-Bahn verlassen, weil ich am Bahnhof Kellinghusenstraße in den Bus umsteigen wollte.

Im Bus saßen vor mir zwei Jungs, von denen der eine ein T-Shirt mit dem Aufdruck »Ich bin scheiße, Ihr habt schuld« trug und der andere mehrmals zu dem einen sagte »Ey, Suleiman, alter Wichser«. Soviel zur Verwirklichung der multikulturellen Gesellschaft.

Hinter mir saßen zwei Personen (ER und SIE) aus demselben Betrieb und unterhielten sich darüber, wie Fräulein Eberhardt zu ihrem für ihre mentalen Fähigkeiten viel zu verantwortungsvollen Posten in der Versandabteilung gekommen ist. Ich möchte ja keine Verleumdungsklage an den Hals kriegen und deshalb nur folgendes weitergeben: Es handelte sich um ein Komplott! Und zwar auf höchster Ebene!!

Danach war dann die Urlaubsfrage dran. ER: Wir fahren immer nach Schweden. SIE: Ich bleib ja lieber im Lande. ER: Das kann ich immer noch machen, wenn ich auf Rente bin. SIE: Dann kann man vielleicht nicht mehr. ER: Was? – Ach so. Nö.

In der Langenfelder Straße steigt ein Schäferhund mit Frauchen zu. Einen Moment lang herrscht Schweigen, dann hat man sich auf die aktuelle Situation eingestellt. SIE: Ham Sie auch 'n Hund? ER: Nö. Wenn man arbeitet, ist das nix. Ne Katze ist besser. SIE: Ham Sie ne Katze? ER: Nö. SIE: Ich auch nicht. Die könn' sich ja nix einteilen. Er: Was? SIE: Futter. ER: Nö.

Aus dem Berufsleben

Letzte Woche hatte ich Lesungen in Ulm und Fürth, beides kurze Namen, was angenehm ist, denn beim Signieren dauert's dann nicht so lange. Wenn man x-mal »Garmisch-Partenkirchen« oder »Wanne-Eickel den soundsovielten« geschrieben hat, dann fallen einem schon mal die Flossen ab. Nicht, dass ich da schon gewesen wäre, aber Hannoversch-Münden reicht auch. In Ulm habe ich das Münster besucht, was soll man da sonst schon besuchen, außer der Einkaufsmeile, die so aussieht, wie sie überall aussieht, nämlich Eduscho, Douglas, Hertie und Schlecker. Im Münster hatten sie eine Gebetswand aufgestellt, an der man seine Wünsche hinterlassen kann, z.B. »Lieber Gott, lass mich nicht als Jungfrau sterben. Peter«. Ich habe lieber nichts dran geheftet, weil, man weiß ja nie, falls es den l. G. doch gibt, wird er sauer und findet einen, auch wenn man eine falsche Adresse angegeben hat. Angeblich hat der ja eine weltweite CD-Rom, mindestens aber der Papst.

Zurück in Hamburg erfahre ich von Kollegen, dass sie jetzt einen Puff im Eingang zur Firma aufgemacht haben (nicht die Kollegen). Junge Damen mit ganz oben und ganz unten was an, aber in der Mitte nix und oben drüber ein Nescher. Alles in der Mittagspause. Ich meine, in der Mittagspause der Firma, nicht in deren. Ich weiß ja gar nicht, wann die Mittagspause haben. Zum Glück musste ich mir das nicht angucken, weil ich schon Zustände kriege, wenn sie im Fernseh die Hüllen fallen lassen. Bin ich'n Voyeur oder was? Ich geh ja auch nicht mehr an den FKK-Strand, weil da bei schlechtem Wetter Kerle mit'm Norweger-Pulllover stehn und unten baumelt was, das man außerhalb des Familienlebens gar nicht so genau wissen möchte. Soviel für heute aus dem Berufsleben.

Klassik-Radio

Am letzten Sonntagabend brüllte der Dreijährige von unten so infernalisch – später erfuhr ich, das er nicht ins Bett wollte, und wenn ja, dann nur mit seinen dreckigen Turnschuhen –, dass ich schnell das Radio einschaltete, um nicht wahnsinnig zu werden. Das war keine gute Idee. Ich hatte das Klassik-Radio erwischt (wussten Sie schon, dass auch Beethoven Kuschelmusik komponiert hat?) – da gab's gerade die Klassik-Hitparade. Die Titel zehn bis acht waren schon abgehakt, als ich anfing zuzuhören. Jetzt war J.S. Bach dran. Johann Sebastian (Basti) Bach ist ja »immer noch gut dabei«, nämlich mit dem 3. Brandenburgischen Konzert auf sage und schreibe Platz Nr. Sieben. Während George Händel stark abgefallen ist, aber dafür stehen dann auf Platz Nr. Drei »und damit wieder gut erholt – Bronze! – die drei Tenöre, die auch in diesem Jahr die Stadien wieder unsicher machen« mit dem »Evergreen«, also dem Trinklied aus La Triviata (kleiner Scherz von mir. F. M.). Und, nach mehreren Wochen auf Platz Eins, jetzt auf Platz Nummer Zwo »*der* Klassiker pah exzellangs« Wolfgang Amadeus Mozart. Wow! Auf Platz Eins dann der »absolute Klassik-Radio-Hot-Tip-Titel ›Nearer my God to thee‹.« Am Ende der Sendung kam dann die Neuvorstellung für heute, der Pianist Murray Perahia, »der gerade bei Sony seine neue CD eingespielt hat« und »seit langem auf den Konzertpodien zugegen und immer noch ein hervorragender Pianist ist.« Das gibt es nicht! Immer noch! Spielt schon länger als zwanzig Jahre Klavier und ist immer noch zugegen! Womöglich ist er auch schon über dreißig! Der Sprecher hat früher wahrscheinlich Fußball moderiert. Für Eintagsfliegen.

Danach gab es dann ein Wunschkonzert, da konnten die Leute anrufen und auch Grüße bestellen. »Ich hör so gerne Ihre Musik, weil ich so unmusikalisch begabt bin.«

Zum Schluss durfte man noch »Sound of Silence« lauschen, der »ultimativen Musik zum Atemholen«. Und »für meine liebe Frau die Morgenstimmung aus Peter Günt von Eduard Krieg.«

Klassik-Radio. Egal übrigens, zu welcher Stunde man auch immer diesen Sender einschaltet – als erste, spätestens aber als zweite Darbietung erklingt die Fantaisie impromptu As-Dur von Chopin. Das ist dieses Stück, von dem die Leute im Konzert hinterher sagen: »Hast du das gesehen! Wie schnell der seine Finger bewegt hat! Und nicht ein-mal verspielt – Wahnsinn!«

Tja, dann doch lieber ultimativ mit Turnschuhen ins Bett.

Rundfunkgebühren

Ruft mich da doch morgens einer vom Radio an, ob ich in der Lage sei, mich am Abend während einer »Talk-Sendung« spontan telefonisch zu der Frage »Kann Literatur dem Menschen eine Orientierung geben?« zu äußern. Weil ich noch nicht ganz wach war, sagte ich zu, bereute es aber den ganzen Vormittag. Bin ich vielleicht Orientierungsexpertin? Orientierung hole ich mir gewöhnlich von Fahrplänen und Einkaufszetteln, aber nicht aus Büchern: »Au ja, jetzt mach' ich's genauso wie Scarlett O'Hara« – ich bitte Sie! Ich wälzte dann doch so einiges an Nachschlagewerken und Zitatensammlungen und rang mich dazu durch, als Motto meines Lebens »Das Maultier sucht im Nebel seinen Weg« (Goethe) anzugeben und überdies wie nebenbei anzumerken, dass schon Arno Schmidt ungefähr gesagt hat, dass das Leben in Wirklichkeit nur der Abklatsch unserer großen Romane sei.

Nachmittags ruft der Radiomensch wieder an und sagt, sie hätten wegen der aktuellen Bürgerschaftswahlen in Hamburg thematisch umdisponiert und ob ich was zu der Frage »Wählen oder Nichtwählen?« sagen könne. Dazu konnte ich spontan nur »Lasst mich doch mit dem Scheiß in Ruhe« sagen, was er etwas dünn fand, aber ich versprach, dass ich noch mal darüber nachdenken würde. Das tat ich dann auch, und es fielen mir ganz prima Vorschläge dabei ein. Beispielsweise könnte man sich die ganze Hinlauferei zu den Wahllokalen sparen und stattdessen einen Apparat, so was wie diese Lottokiste, anwerfen, wobei dann das Wahlergebnis nach statistischen Gesetzen ganz ähnlich ausfallen würde. Mal würde die CDU ein bisschen mehr Stimmen kriegen, mal das so genannte kleinere Übel.

Abends sitze ich dann mit dem Telefon neben dem Radio und warte und warte. Und warte. Endlich ruft er an: Sie hätten abermals umdisponiert, mein Beitrag sei jetzt nicht mehr nötig und hoffentlich habe ich nicht gewartet. »Selbstverständlich habe ich gewartet!« »Tut uns leid. Aber dafür zahlen Sie ja schließlich Rundfunkgebühren!« »Was??« Na ja, eigentlich stimmt das. Das mache ich schon seit Jahren. Aber jetzt weiß ich wenigstens, wofür.

Spinnstube

Gibt es eigentlich in irgend einer europäischen oder außereuropäischen Sprache außer in der deutschen den einleitenden Satz »Kenn' Sie den...«? oder ersatzweise: »Kommt 'ne Frau zum Arzt und sagt...«? Wenn man hier nicht mit einem Trompetensolo beginnt, sodann einen dreifachen Salto macht, um anschließend zu verkünden, dass jetzt ein Witz folge, dann geht es einem wie mir in der Post. Ich gebe ein Päckchen ab. Sagt der Postbeamte: »Sechs Mark neunzig.« Sage ich: »Gott, ist das teuer. Ist heute nicht überhaupt der Tag, an dem Päckchen nichts kosten?« Sagt der Postbeamte: »Nee, das ist immer der erste Donnerstag im Monat.« So weit so gut. Ist ja prima gelaufen. Dann tippt mich aber eine Frau von hinten auf die Schulter: »Sagen Sie ma – schtümmt das würklich?« Drei Häuser weiter gebe ich die Geschichte im Tabakladen zum besten. Sagt ein Kunde verträumt: »Also – donnerstags?« Da habe ich's dann aufgegeben.

Vor einigen Jahren machte ich öfter bei einer Sendung im NDR mit, die hieß »Spinnstube«. Da hätte man sich unter Umständen schon denken können, was einen erwartete. Wir plauderten in einer kleinen Runde über Themen wie: »Mein Hund versteht mich nicht mehr«, oder am Frauentag: »Wir basteln uns den Neuen Mann.« Zwischendurch durften Hörer und Hörerinnen anrufen. In einer dieser Sendungen stellte ich eine Frau dar, die zwar furchtbar gerne in die Oper ging, aber die Musik und die Singerei nervtötend fand. Aus der Runde im Studio wurde ich gefragt, warum ich dann überhaupt die Oper besuchte, und ich erwiderte, dass ich mein neues Paillettenkleid ja nicht gut in der Pizzeria nebenan spazieren führen könnte. Ruft eine Frau an und erklärt empört, dass diese dumme Pute – das war ich – ihr Paillettenkleid doch auf St. Pauli tragen sollte. Da kann man nichts machen. In einer anderen »Spinnstube« wurde bekannt gegeben, dass die Grenzen Deutschlands im kommenden Oktober geschlossen würden – irgend welche hochwissenschaftlichen Begründungen, in denen häufig das Wort »Devisen« vorkam, mussten herhalten – die Grenzen wären also dicht, und die Deutschen könnten nicht mehr verreisen. Im Studio waren wir uns einig, dass das eine klasse Idee wäre, vor allem, weil es uns Gelegenheit gab, Sätze wie »Wer kennt schon die schöne deutsche Heimat?« und »Kein Urlaubsort, wo Vogelmord« zu sagen. Sie können sich wohl denken, dass da alle die Leute anriefen, teils Tränen überströmt, deren Kinder im November in Australien heiraten wollten. Hinterher musste der NDR dann irgendwas machen, Dementis rausgeben oder so.

Es funktioniert aber auch andersrum: Neulich sagte ich meinem Praktikanten, der aus der Zone kommt – ja, ich habe jetzt einen Praktikanten in der Firma, das bedeutet aber gar nichts, wir sind auch nie allein und außerdem kann man das Praktikantentum ja nicht ausmerzen, bloß weil – ist ja auch egal – jedenfalls sagte ich ihm, dass man hier zwar Steuern automatisch abgezogen kriegt, die Rente aber beantragen muss. Er wusste schon, dass ich ein Spaßvogel bin und musste herzlich lachen.

Übrigens habe ich *kein* Paillettenkleid, falls es einen Leserbrief dazu geben sollte. Die Grenzen werden *nicht* geschlossen, außer für Urlauber aus dem Kosovo und anderswo. Und Päckchen sind jeden ersten *Dienstag* im Monat umsonst.

Internet

Kurz nachdem eine E-mail bei mir installiert war, habe ich an alle Leute, die auch eine E-mail haben, geschrieben, und die haben tatsächlich zurück geschrieben. Nämlich Salo: »Herzlichen Glückwunsch! Gerade wollte ich mal kurz argentinische Pornos gucken, da kam Deine...« usw. Wenn man eine E-mail hat, dann hat man ja automatisch auch ein Internet und außerdem 50 Stunden innerhalb von dreißig Tagen, die nichts kosten. Soll ich der Firma vielleicht was schenken? – Nun surfe ich jeden Tag, und ich muss sagen, es ist gar nicht mal so schlecht. Jeden Morgen kann ich mir mein Tageshoroskop ansehen und Artikel aus Zeitungen lesen, die ich sonst noch nicht mal beim Frisör lesen würde. Außerdem habe ich ein klasse Angebot gekriegt, wie ich ganz schnell ohne Arbeit Geld verdienen kann. Da es auf Englisch war, habe ich nicht alles verstanden. Auf jeden Fall kriegt man aber 50.000 Dollar in der Woche und kann sich dann ein Haus in Florida kaufen – wenn man das möchte, ich möchte aber nicht –, wo man vom Frühstückszimmer aus aufs Meer gucken kann. Das stelle ich mir ziemlich öde vor. Irgendwie verdient man das Geld, indem man nur vor seinem Rechner sitzt und Mails abschickt. Außerdem schreibt der Mann (John? Harry?) noch, dass jedem diese Chance offen steht. Das möchte ich aber mal bezweifeln. Dann würden ja auch der Bäcker und der Schlachter und mein Frisör den ganzen Tag in Florida vor der Kiste sitzen, und ich glaube nicht, dass das erlaubt ist. Außerdem glaube ich auch nicht, dass Florida groß genug ist für alle, und wer soll mir dann bitteschön meine Dauerwellen machen? Das ist doch kein Leben!

In chat-rooms war ich auch schon. Da »chatten« Leute, welche Killer heißen. Oder Axt 78, Dreckli, Muffelchen, Funboy und Doc Harmony. Es gibt auch einen Gandalf und einen Aragon. Das kommt mir doch eigenartig vor, dass Leute, die den Herrn der Ringe verehren, über PC kommunizieren. Wenn man das Kommunikation nennen kann. Ich nenne das ein Quasi-Gespräch unter Primaten:

Dreckli1: EASY!!!
Hugowoman1: sagt ganz lieb Hallo!!!!
Dreckli1: hallo
MrSFS08: holla
Snaker666: buh
Dreckli1: ollah
Dreckli1: bamm

Wenn das so ist, dann kann das von mir gesittete Baby aus dem 2. Stock auch bald ins Internet. Es beherrscht schon »dada« und »umpf«.

In einem weiteren chat-room fragt andauernd einer: »Ist hier wer aus Remscheid?« Und ein anderer: »Kennt hier einer ne coole Punkband?« Da konnte ich nicht widerstehen und schrieb: »Ich kenn ne coole Parkbank.« Dann habe ich mich aber schnell ausgelockt. Ganz allgemein würde ich über das Internet sagen, was Gustave Flaubert vor über hundert Jahren über die Eisenbahn gesagt hat: Die würde es bloß noch mehr Leuten gestatten, herum zu fahren, sich zu treffen und zusammen dumm zu sein.

Nazis

Wundert mich eigentlich immer noch, dass am 1. Januar 2000 die Computer doch nicht zusammengekracht sind. Bei all den lustigen Bildchen, die am Jahresende weltweit versandt worden sind. Ich habe diese angehängten Dateien nie aufgemacht, weil man da mindestens 10 Minuten online sein muss – was das kostet! –, und anschließend starrt man dann auf einen nackten Weihnachtsmann, der irgendwas Amerikanisches sagt. Ab und zu kriege ich ellenlange Geschichten per E-mail geschickt, die meist unter dem Thema stehen: Was macht ein Mann, was macht eine Frau im Badezimmer. Dabei kommt dann raus, dass eine Frau sich duscht und ein Mann vorwiegend damit beschäftigt ist, sein Dings im Spiegel zu bewundern. Das muss ja nicht sein.

Außerdem bekomme ich Mails, in denen versprochen wird, dass ich, wenn ich was Angehängtes öffne, mir Nackedeis ansehen kann. Da ich aber schon weiß, wie die aussehen, schicke ich das Zeugs gleich an eine Stelle weiter, die lotsenspam heißt und wo Leute sitzen, die das noch nicht wissen.

Wo man aber garantiert bis obenhin angezogene Menschen erblicken kann, das ist auf der Web-Site des Singekreis Theodor Körner. Die stellen sich der Besucherin so vor: »Wir sind ein Kreis von Menschen unterschiedlichsten Alters, leben in einem abgelegenen Dorfe tief im Oberlausitzer Bergland und pflegen dort die Tradition des Singens in der Gemeinschaft. Wir treffen uns ... am Sonntagabend in der Schenke ›Zum Dorfkrug‹, holen Zither, Klampfen und Geigen heraus und singen so fröhlich, dass die schweren Arbeitstage in den Wäldern und auf den Feldern vergessen werden. Wir haben schon einige Klangscheiben aufgenommen, welche unsere Volksmusik in die Welt tragen sollen. Mit unserer neuen Scheibe wollen wir aber eher an die Tradition des Soldatenliedes anknüpfen, singen von Aufopferung, Heimat und dem ewigen Wandern in die Ferne. Hören Sie doch einfach mal hinein in unsere eigene Welt!«

Klangscheiben! Zithern und Klampfen! Wahnsinn! – Ich habe es allerdings noch nicht gewagt, im Beisein meiner Kolleginnen eine entsprechende mp3-Datei mit Klangbeispiel herunter zu laden. Weil ich natürlich nur im Büro ins Netz gehe, wo die Online-Zeit umsonst ist. Jedenfalls für mich.

Wer hätte das übrigens gedacht, dass es so anstrengend zugeht beim Nazi. Das muss ja entmutigend sein für den Nachwuchs: Den ganzen Tag mit dem Pflug die Scholle umbrechen und deutsche Bäume fällen – wenn das man richtig ist! –, abends dann in schwerer Volkstracht hin zur Aufopferung in einen Dorfkrug, wo es garantiert keinen Jim Beam gibt, was nicht schaden kann, dafür aber Met, den zu kippen bestimmt eine Prüfung ist, und im Anschluss daran bis zum Morgengrauen mit Scheiben werfen oder Scheiben einwerfen oder was und zwischendurch auch noch an Web-Sites basteln. Das ist doch kein Leben!

Dann lieber – ähm – links sein: Gegen 10 Uhr ins Büro latschen und das Alsterradio anschmeißen (»Superstars oohhnndd clas-sic hits«) und mit den Kollegen über Bausparverträge diskutieren; nachmittags ein bisschen in der Zeitung blättern, abends Shanghai spielen, mit einem Kreuzworträtsel ins Bett gehen und mindestens 12 Stunden drin bleiben.

Und nur dann mitsingen, um den schweren Arbeitstag zu vergessen, wenn man im Bus sitzt und einen Walkman mit Kopfhörer aufhat. Da haben dann alle was von.

User Unknown

Ein Internet kommt mir nicht ins Haus!« war immer meine Parole gewesen, aber gute Freunde, die zu faul sind, einen Brief zu tippen – geschweige denn einen mit der Hand zu schreiben –, ihn auszudrucken, in einen Umschlag zu stecken und höchstpersönlich eine Adresse drauf zu schreiben, mit einer Briefmarke zu versehen und dann noch zum Briefkasten zu wandeln, also richtig gute Freunde überzeugten mich, dass eine E-mail-

Adresse für die Frau von Welt heute unerlässlich sei. Jetzt kriege ich von eben diesen Leuten Informationen zugesandt, die sie marginalen Blättern im Internet entnommen haben, z.B. dem Fachblatt *kleintier konkret – die Zeitschrift für die Kleintierpraxis*: »Werden juvenile Sumpfschildkröten mit Blepharo-Ödem und käsigen Massen unter den Lidern vorgestellt, handelt es sich häufig um eine Unterversorgung mit Vitamin A.« Käsige Massen unter den ...?? – Käsige Mas...? Das ist ja furchtbar! Da wird einem ja ganz anders, sogar schlecht. So etwas will ich nicht geschickt kriegen! Und so etwas auch nicht: »... werden wir unser analoges Einwahlnetz auf bis zu 56.000 Bits pro Sekunde ausbauen...« Solche Post kriege ich in meinen Apparat hinein von AOL, von denen (oder heißt es »der«?) ich übrigens bis dato angenommen hatte, dass sie meine E-mails mit ihren Bits, oder wie sie das auch immer machen, nach Amerika beamen und zurück, auch wenn ich bloß Julia, die über mir wohnt, eine geschickt habe. Das fand ich faszinierend. Ich lauschte auch immer ganz gebannt den sphärischen (dudideldjiiitdüö) Klängen beim Einwählen. Jetzt sagt mir aber mein Supporter Sönke, dass alles über Gütersloh gehe. Gütersloh! Das ist doch deprimierend! Fast so schlimm wie Kaiserslautern! Oder Pirmasens! Obwohl ich da schon immer hinwollte – oder war das Paris/New York/Acapulco? Egal. Viel deprimierender war die nächste Info, die ich von AOL erhielt: »Ganz im Sinne von ›Online für alle‹ reagiert AOL auf den sich abzeichnenden Trend, dass immer mehr Frauen...« brabrabra.

»... bei AOELLA (ich krieg mich nicht mehr ein), dem Online-Frauenbereich, finden engagierte Onlinerinnen Tipps und Infos zu...« – na? Was wohl? – zu Perversionen? Zur Machtübernahme? – Richtig geraten – »... zu Partnerschaft und Familie, Gesundheit, Karriere und Reisen.« Genau in dieser Reihenfolge. Herzlichen Dank – ich habe bereits ein Nudelrezept.

Es kommt aber auch vor, dass ich eine Mail zurück geschossen kriege. »User unknown« heißt es dann. (Das erinnert mich an meine Hilfsbriefträgerzeit, als auch mal gerne jemand »unbekannt verstorben« war.) Beim ersten Mal fragte ich bei befreundeten Netz-Experten nach, was es wohl damit auf sich habe. »Ich weiß gar nicht, ob es nicht sogar gut ist, wenn eine Mail zurückkommt«, mailte Matthew, »das ist wie nach dem Krieg, da kommen sie auch alle zurück. Es kann aber auch ganz was anderes sein, was Technisches. Ich meine, wer kennt sich da schon genau aus? – Oh bitte – da nich für – ich hoffe, ich war Dir eine große Hilfe.«

Nicht wirklich.

Verbesserungen

Als Schriftstellerin hat man es ja auch schwer. Es ist nämlich nicht so, dass man Texte an Zeitungen schickt, und dann werden die so abgedruckt. Davor steht dann noch der Redakteur, der Endredakteur, der Setzer und die Putzfrau und wahrscheinlich noch Besucher, die nur kurz mal reinschauen, und die wollen alle was zu tun haben.

Ich habe mal was über meinen neuen Computer geschrieben und dazu bemerkt, dass meine Festplatte einen Namen hat, nämlich »Fanny seine Festplatte«. Das ist auch gar nicht gelogen; zu den üblichen Geschäftszeiten kann man das jederzeit bei mir nachgucken kommen. Daraus wurde dann in einer Zeitung »Fanny ihre Festplatte«. Ich schätze mal, dass da ein Germanist mit sehr gutem Notendurchschnitt zugange gewesen ist. In einer anderen Geschichte zitierte ich ein Gedicht aus dem Internet, wo einer schreibt »Perfekte

Menschen – gibt sie es überhaupt?« Daraus wurde dann beinahe – ich hatte es noch rechtzeitig bemerkt – »gibt es sie überhaupt?« Das ist natürlich ein besseres Deutsch, aber es handelte sich um ein Zitat. Dass man ein solches nicht verbessern darf, wird aber auf den Journalistenschulen nicht mehr gelernt. Was da auch nicht gelernt wird, ist, dass man Autorinnen am Telefon keine Vorträge halten darf. Vor kurzem wurde ich angerufen und gebeten, etwas über eine Nachricht in der *Bild*-Zeitung zu schreiben. Diese Nachricht wurde mir vorgelesen und ging ungefähr so: »... der Sprecher des Ministeriums sagte, der Innenminister habe...« An dieser Stelle unterbrach ich den Redakteur: »Was?? Die *Bild*-Zeitung schreibt *habe*??« Das hätte ich nicht fragen dürfen, denn jetzt hub er an mir zu erklären, was ein Konjunktiv ist. Ich schaltete schnell den Lautsprecher des Telefons ein, und Susanne, die gerade bei mir zu Besuch war, musste auch sehr lachen.

Dort, wo Verbesserungen angebracht wären, sieht man allerdings davon ab, nämlich bei Leserbriefen. Dabei können deren Verfasser sich doch gar nicht wehren. In der *Hamburger Morgenpost*, die auf dieser Welt und auch auf allen anderen Parallelwelten für ihre Auswahl an hochgradig gestörten Leserbriefen bekannt ist, konnte man dazumalen unter »Betr.: Trauerfeier für Prinzessin Diana« folgenden Brief von Tanja W. aus Neumünster lesen: »Ich bin berührt, wie Milliarden anderer Menschen. Diana war nicht nur *Queen of Hearts*, sie war *Queen of all the World* – Sind wir nicht alle ein bisschen Diana?«

Ja, das sind wir.

Wir sind alle ein bisschen.

Arztroman in 5 Kapiteln

Folge 1: Intensivstation

Ja ja, ich war schon wieder im Krankenhaus. Die medizinischen Einzelheiten lasse ich mal weg, weil die eh keiner wissen will, aber eines muss ich doch mal sagen: Eine Intensivstation ist *kein* Hort der Ruhe und des Friedens, falls Sie sich so was vorgestellt haben – ganz im Gegenteil: Noch nie habe ich tage- und nächtelang ein solch ununterbrochenes Remmidemmi erlebt; noch nicht mal damals, als ich an dieser Wohngemeinschaft partizipierte, in der ... egal.

Jedenfalls ging das Licht an. Dann ging es aus. Und wieder an. Schepper. Wagen rollen raus und rein. Bettpfannen klappern. Schwestern unterhalten sich über einen gewissen Mario. Und so weiter. Dazu vier Patienten. Zwei haben eine Meise, einer röchelt, und nur eine Person, die noch alle Tassen im Schrank hat und so gut wie gar nicht röchelt, nämlich ich.

Nebenan, durch einen Vorhang von mir getrennt, Herr P., weißes Haar und Adlernase, der den ganzen Tag und die ganze Nacht erzählt, dass er ein Hamburger Kaufmann sei und jetzt mal gefälligst seinen Koffer gepackt haben wolle, das Hotel hier gefalle ihm nicht. »Hamburger Kaufmann« ist eine speziell in Hamburg übliche Berufsbezeichnung, die vortäuschen soll, dass hier einer nicht billigen Schrott einkauft und ihn teuer verscherbelt, sondern dass das Ganze irgendwie reell über die Bühne geht, haha. Am zweiten Tag erscheint ein Geschäftsfreund, auch so ein Gauner, dem teilt Herr P. im Bühnenflüsterton mit, dass er »ja 25 Unterführer unter sich« habe, und vorgestern seien sie »drüben im Schloss« gewesen, »kleine Feier bis morgens um sechs, du verstehst«, na ja, und wer kam dann gegen halb sechs noch kurz rüber? (»...meine Männer waren natürlich begeistert!«) – Richtig geraten! ER. Der Größte Gauner Aller Zeiten. Und so was muss man sich nun, ans Bett gefesselt und praktisch von Kopf bis Fuß orange angepinselt, kostenlos anhören!

Apropos kostenlos – darf ich mal wen grüßen? Nämlich das Gesamtpersonal der Station 18 B im Allgemeinen Krankenhaus Altona. Vor allem Willi, den Pfleger. (Und außerdem natürlich alle, die mich kennen, und die Kollegen und Kolleginnen aus dem Büro und die Mädels aus meiner früheren Klasse und...) Danke! Da kam ich nämlich anschließend hin, nach Altona, und kann eigentlich nicht klagen. Außer über den Morgenkaffee. Ein eigenartiges Phänomen, das ich mir nicht erklären konnte, obwohl ich mir mühsam einige Dinge aus dem Physikunterricht ins Gedächtnis zurück rief. Auf dem Tablett ein leckeres Brötchen, Butter, Honig und Quark und der Kaffee. Über eine kochendheiße Kanne war eine kochendheiße Plastikhaube gestülpt. Und der Kaffee war kalt. Ich glaube, es war Willi, der die These vertrat, dass die Kannen über Nacht im Kühlraum aufbewahrt werden und der Kaffee morgens dazu benutzt wird, sie wieder aufzuwärmen.

Willi war übrigens derjenige, der mich vom Amöbenstatus (ich weiß nicht, ob Amöben das auch tun – aber haben Sie schon mal versucht, im Liegen zu scheißen?) direkt ins Mittelalter katapultierte, indem er mir einen Kackstuhl organisierte. Manchmal bedarf es doch nur ganz weniger und einfacher Dinge, um ein großes und reines Glücksgefühl hervor zu rufen. Das heißt, »reines« ist in diesem Zusammenhang vielleicht nicht ganz angebracht.

Raus aus dem Spital, rein in das Spital – jetzt aber Reha genannt. Die Zimmer sind ganz ordentlich, so ungefähr wie Hotelzimmer, bloß ohne Minibar. Darauf war ich ja schon gefasst, aber nicht darauf, dass ich schnurstracks entmündigt werden sollte. Ich weiß gar nicht, was die Leute immer gegen Lehrer haben; Ärzte sind viel schlimmer.

Der erste Doktor erscheint und stellt die üblichen Fragen. An dieser Stelle muss ich mal jedem Raucher und jeder Raucherin sagen: Geben Sie um Himmels willen nie zu, dass Sie rauchen, selbst wenn Sie mit einer Zigarette in der Pfote erwischt werden. Behaupten Sie dann irgendwas, das Ihnen gerade einfällt, z.B. dass Sie gar nicht wüssten, was das ist: »Was – das ist eine Zigarette? Ohne Scheiß?« Egal nämlich, ob Sie Lungenkrebs haben oder sich ein Bein brechen sollten – immer sind Sie selber dran schuld. Na, ich war so dämlich und habe die Wahrheit gesagt. Darauf der Doktor (der hätte übrigens mein Sohn sein können; jedenfalls vom Alter her, aber nicht vom Aussehen): »Wollen Sie nicht die Gelegenheit nutzen und hier mit dem Rauchen aufhö...« Ich: »Nö.« Überflüssigerweise füge ich noch hinzu, dass dies mein einziges Laster sei. Er, träumerisch die Tapete anstarrend: »Muss man denn überhaupt ein Laster haben...« Ich: »Ja.« Dann schalte ich auf Durchzug, weil jetzt der Vortrag kommt, den ich viel besser hätte halten können. Ich wusste nämlich schon alles übers Rauchen, als der noch kreuzweise in die Windeln geschissen hat.

Als er wieder weg ist, schaue ich in das grüne Heft, das alle Patienten kriegen und worin angekreuzt wird, an welchen rehabilitierenden Maßnahmen man teilnimmt. Der Doktor hat »Raucherentwöhnungsgruppe« angekreuzt. Das habe ich natürlich sofort durchgestrichen.

Am nächsten Tag kommt der nächste Arzt, der, auch

wiederum abgesehen vom Aussehen, mein Sohn hätte sein können und tritt die nächste Mine los. Ich teile ihm dies und das mit und dass ich im übrigen nicht gewillt sei, Margarine und Süßstoff zu mir zu nehmen, so was habe ich nach dem Krieg genug gefressen, jedenfalls Margarine. »Gefressen« habe ich natürlich nicht gesagt, ich bemühte mich sogar um einen elaborierten Code, damit das Medizinerhirn begreift, dass auch ganz normale Menschen Wörter wie »Aortenaneurysma« aussprechen können, ohne zu stottern. Dabei dachte ich flüchtig an Tante Mimi, die nach jedem Krankheitsbericht in ihrer Freitagnachmittags-Tortengruppe immer sagte: »Das ist ja direkt pathologisch!« Jedenfalls kam dann der in diesem Spital vorgeschriebene Standardsatz: »Wollen Sie nicht die Gelegenheit nutzen und...« Ich soll meine Ernährung umstellen! Ha! Was ich in einer Woche an frischem Gemüse aufesse, hat der in einem Jahr noch nicht gesehen. Meine Ernährung umstellen! Und das an einem Ort, wo das Essen so durchgekocht ist, dass Hundertjährige es problemlos ohne Zähne schlürfen können. Nun ja, ein Blick in das grüne Heft genügte. Angekreuzt hatte er »Ernährungsberatung«. Praktisch war ich die ganze Zeit nur am Durchstreichen.

Bis ich dann zufällig im Fahrstuhl eine ewig nicht gesehene Bekannte traf, die in dem Laden eine Menge zu sagen hat, und die sagte dann auch allen, dass ich eine linke Emanze sei, die alles aufschreibt. Da war dann Ruhe.

Folge 3: Mahlzeit!

Die ersten Tage kriege ich noch das Essen aufs Zimmer, aber dann ist Schluss mit lustig, ich esse im Speisesaal. Es ist nicht zu fassen, aber ich bin das Nesthäkchen. Ein Publikum, das man aus Alpträumen kennt: Triefauge mit eingewachsenen Zehennägeln (die bemerke ich später beim »Sport«), der die letzten 60 Jahre Frau und Kinder gequält hat, wobei man an seiner Fresse sieht, dass ihn das auch zu keinem besseren Menschen gemacht hat. Ehefrauen anderer Männer, die automatisch zu seinen Scherzen (»Man gönnt sich ja sonst nichts«) lachen. Die Salonschlange. Die Tucke, die sich als Betriebsnudel beliebt machen will. Der Gutsherr von der Privatstation. Die höhere Tochter: in Bad Segeberg geboren, in Bad Segeberg zum BDM gegangen, in Bad Segeberg einen Herzinfarkt gekriegt und bis heute nichts dazu gelernt. Es gibt eine Rindfleischsuppe. »Ob das für die Herren...«, die höhere Tochter blickt um sich, »...wohl genug ist?« Solche Sorgen habe ich mir noch nie gemacht. »Finden Sie nicht auch«, fährt sie fort, »dass einige der Herren doch recht gepflegt zum Essen kommen?« Mein Blick fällt gerade auf einen, der seine Freizeitjoppe verkehrt zugeknöpft hat. Sie wissen schon, oberster Knopf im zweitobersten Knopfloch. Egal, ob sieben oder siebzig – wenn Mutti nicht da ist, sehen die Jungs immer aus...

Übrigens würde ich nie auf die Idee kommen, Männer, die den ganzen Tag »Mahlzeit« zu einem sagen, als »Herren« zu bezeichnen.

Es wird viel gelacht, weil alle eine Todesangst haben. Aktivitäten, die zur Angstüberwindung dienen könnten und die man aus der Literatur kennt (Kurschatten), sind allerdings nicht auszumachen. Ich nehme mal an, dass Bypässe und Herzschrittmacher einen nicht gerade zum Poussieren ermutigen. Dafür wird aber viel geredet, und keiner hört zu. Gesprächsthemen sind geschlechtsspezifisch vorgeschrieben. Frau: Mein Sohn ist Zahnarzt. Mann: Ich hatte 40 Leute unter mir. Da kann ich nicht mithalten. Unter 200 Menschen müsste es aber doch mindestens einen geben, mit dem man mal ein vernünftiges Wort wechseln kann. Gibt's aber nicht. Und wie sollte ich das auch rausfinden? Ich kann mir ja schließlich kein Schild um den Hals hängen »Hallo, ich war nicht in der Hitlerjugend und habe einen IQ über 80 – ist da noch jemand?«

Folge 4: Gefangene der Leidenschaft

Nachdem ich alle meine Bücher durchgelesen habe und das Radioprogramm mich nicht mehr so richtig nach vorn bringt – es gibt nur drei Programme; NDR 3: klassische Musik, NDR 1: deutsche Schlager, die hier Volksmusik heißen (»Bis in alle Ewigkeit bleibt die Spur der Zärtlichkeit«. Igitt. Bloß nicht drin ausrutschen), und NDR 2 am Morgen bzw. Mittag bzw. Abend: »Ein Sender – alle Hits« (»...und jetzt kommt der Bruder von Fernet Branca – Eros Ramazzotti.« Haha.) – nachdem ich mit all dem durch bin, schnüre ich durch die Flure und schaue mich in den Aufenthaltsräumen nach Lektüre um. Da haben ehemalige Patienten ihre weggelesenen Bücher und Zeitschriften deponiert.

Mir schwebt was Leichtes vor. Ich denke an Simenon, meinetwegen auch an Agatha Christie. Eine Wahl gibt es aber nur zwischen einerseits Konsalik und andererseits Lodernde Leidenschaft, Fesseln der Leidenschaft, Lodernde Träume, Gefangene der Leidenschaft und Sturmwind der Zärtlichkeit. Ich entscheide mich für Gefangene der Leidenschaft. Gefangene scheint mir irgendwie passend zu sein für meine derzeitige Situation.

Gefangene der Leidenschaft ist ein historischer Roman und spielt im 12. Jahrhundert in England. Aus irgendwelchen Gründen, die ich mir nun wirklich nicht merken konnte, muss die jungfräuliche Lady Rowena einen Mann vergewaltigen, den man ihr gefesselt bringt. Er entflieht, kommt zurück und vergilt dann Gleiches mit Gleichem. Jedenfalls ungefähr. Leseprobe: »Sie merkte gar nicht, dass er auf sie gestiegen war, doch als sein hartes Glied langsam und dennoch leicht in ihre heiße Grotte glitt...«

So leicht wollte ich die Lektüre dann doch wieder nicht haben. Auf dem Titel ist übrigens ein Gigolo mit gelgestärktem Haupthaar zu sehen, der eine Schlampe mit blauem Lidschatten im Arm hält. »Sie kennt die geheimsten Träume der Frauen... Joanna Lindsey erschafft Märchen, die Wirklichkeit werden«, wird auf der Rückseite über die Autorin berichtet. Das würde ich so nicht direkt unterschreiben. Die Angelegenheit firmiert übrigens unter »romantischer Frauenroman«. Da möchte man sich einen realistischen ja lieber nicht vorstellen. Dann doch lieber zur *Amica* greifen: Aus einer Reportage über Schiesser erfahre ich, dass die deutsche Frau jährlich 4,5 Slips und 1,3 BHs kauft, der deutsche Mann hingegen 27 Mark pro Jahr für Unterwäsche ausgibt, bzw. seine Frau oder seine Mutter, und »einer Unterhose im Schnitt sieben Jahre treu bleibt«. Wahrscheinlich länger als seiner Frau oder Mutter. Befragung: Was ist Ihnen an einer Männerunterhose wichtig? An 7. Stelle ist Männern an einer Männerunterhose wichtig, dass sie bei 60 Grad gewaschen werden kann. Frauen schon an 3. Stelle.

Ich würde ja 200 Grad vorschlagen; sieben Jahre sind eine lange Zeit. Den Top 9 der Männerunterhosen – Feinripp-Modelle – entnehme ich, dass Nr. 1 Karl-Heinz heißt und Nr. 2 Walter. Karl-Heinz ist weiß mit Eingriff, und Walter ist Karl-Heinz mit Muster.

Apropos Unterwäsche: Für kurze Zeit bekomme ich eine Zimmergenossin. Man glaubt es ja nicht, was auf dem Sektor Damenschlüpfer heutzutage noch im Handel ist. Aber wenn ich noch einmal »Mein Mann sagt auch...« hören muss, dann passiert was.

Folge 5: Arm dran, Bein ab

Hätten meine Bekannten mich gesehen, würden sie um meine Psyche gefürchtet haben. In den Gängen, im Aufzug, beim »Sport« – der auf Hockern stattfindet – die

Augen stets sittsam gesenkt und immer die Klappe gehalten. In Wirklichkeit wollte ich bloß keinen wieder erkennen und dann womöglich grüßen müssen (»Mahlzeit«).

Aber jetzt ist der letzte Tag angebrochen! Morgen geht es nach Hause, hurra! Da stört es mich auch gar nicht mehr, dass ich beim Frühstücken – das Frühstück kriege ich aufs Zimmer, sonst hätte ich schon längst gekündigt – dass sich also im NDR 2 in der Sendung »Spaß bei der Arbeit mit NDR 2« das Orthopädische Fachgeschäft Völler-Prothesen aus Georgsmarienhütte einen Schlager wünscht, der dann auch noch abgespielt wird und der mich normalerweise dazu veranlasst hätte, das gesamte Mobiliar zu zerschlagen.

Zum Abschied schnell noch in *der reporter*, dem Anzeigenblatt der Region, geblättert. Wer weiß, ob ich in Hamburg noch einmal solche Sternstunden des Journalismus erleben darf: »Besser Arm dran als Bein ab. Jeder kennt diesen Spruch. Trotzdem gibt es Menschen, die aufgrund einer chronischen Erkrankung oder eines Unfalls zum Beispiel ein Bein verloren haben und...« Fällt mir ein: Besser Kopf dran als Arsch ab. Jeder kennt diesen Spruch. Trotzdem gibt es Menschen, die sich aufgrund einer chronischen Erkrankung an die Schreibmaschine setzen und...

Gestern Abend im Speisesaal fragt mich die höhere Tochter, warum ich den Aufenthalt nicht verlängert habe. »Das hätte ich nicht ausgehalten«, erwidere ich wahrheitsgemäß. »Das ist in Ihrer Lage vielleicht auch besser...«, erwidert die dumme Nuss. Eine Unverschämtheit! In meinem ganzen Leben war ich noch nicht »in einer Lage«. Hört sich ja an, als würde ich mich unverheirateterweise und Sozialhilfe empfangend in anderen Umständen befinden. »Ich«, fährt sie unverdrossen fort, »ich kriege ja dreimal die Woche Besuch von meiner Familie...« Ha! Ich kriegte sogar viermal in der Woche Besuch, aber meine Besucher sahen weder nach Ehemann noch nach Kindern, noch nach Enkeln aus (dafür aber besser), und damit war ich raus aus dem Wettbewerb. Ihre Familie bestand aus einem 86jährigen Gatten in Lodenmantel und Lodenhut und einer verbitterten Tochter um die fünfzig mit vorgeschobener Unterlippe. Der einzige Enkel studiert Betriebswirtschaft, ward aber als Besucher von keinem menschlichen Auge gesehen. Vermutlich hat er Input und Output ausgerechnet: Wenn das Erbe so und so sicher ist, warum sich dann ein Bein ausreißen...? Betriebswirtschaft! Die sind doch alle bescheuert, das weiß jeder.

Der letzte Tag – da heißt es auch ein Fazit und dann eine Lehre daraus ziehen. Positiv: Das Personal ist jung und sieht gut aus, und die Oberschwester ist ersetzt worden durch eine »Pflegeleitung«, die meist unter dreißig ist und ein anständiges Benehmen hat.

Negativ: Oberschwestern sind ausgestorben. Sie wissen ja – diese Dragoner in gestärkten Häubchen und Gesundheitsschuhen aus den Dieter-Borsche-Filmen, die selbst den Chefarzt zum Weinen bringen (nicht die Filme). Die hätten mir besseren Stoff geliefert. Daraus lernen wir, dass das Leben kein Film ist. Ich hatte es ja schon beinahe geahnt, aber dass ich dafür nun acht Wochen im Spital verbringen musste...

Einundzwanzig, zweiundzwanzig

Zur Nachuntersuchung beim Kieferorthopäden trete ich pünktlich an. Der Termin war um 14 Uhr und tatsächlich erscheint der Onkel Doktor auch schon um 15 Uhr 15. Ich erkundige mich gleich, was er denn an diesem Zahn da für eine Behandlung durchgeführt habe. Dabei zeige ich auf meinen linken oberen Schneidezahn. Doktor: »Keine«. Ich: »Jetzt aber mal ernsthaft!« Er: »Keine, Frau Müller!«

Ich lasse verlauten, dass ich das jetzt nicht mehr witzig finde. Ich habe nämlich an diesem Zahn seit der Operation keine nennenswerte Verbesserung bemerken können, und das sei doch irgendwie komisch. Doktor: »Am 20er habe ich gar nichts gemacht.« Mir fällt dann kurz vorm Explodieren ein, dass 20 nicht 21 ist. Das weiß ich, weil ich während der Wartezeit mein Krankenblatt eigenäugig kontrolliert hatte. Ich meinte nämlich 21. Er sagt dann, dass ich auf den 20er gezeigt hätte. Ich sage nein, es war der 21er. Er: Nein, der 20er. Das geht etwa fünf Minuten so weiter, bis ich ihn daran erinnere, dass wir beide nicht mehr sieben sind.

Das passt ihm nicht, und jetzt überlegt er, womit er mich sonst noch ärgern kann. Ach ja, mit dem Vermerk in meinem Krankenblatt: »Patientin verweigert den Eingriff an 22.« Aber auch hier muss ich widersprechen, denn letztlich ist 22 weder 21 noch 20, und außerdem ist es ja nur deshalb zu einer Vollnarkose gekommen, weil genau zwei Zähne behandelt werden sollten. Und nicht drei. Kurz vor der OP hatte er nämlich behauptet, dass er auf dem Röntgenbild an meiner uralten Krone auf der 22 etwas erkennen könne und mir rate, drei Zähne (15, 21 und 22) behandeln zu lassen. Dabei sollte ich doch bitte an allen Zähnen auch eine Laserbehandlung für je 90 Euro durchführen lassen, die selbstverständlich die Kasse bezahlen würde. Mein Einwand, dass mir bekannt sei, dass die Kasse das selbstverständlich nicht bezahlen würde und dass ich kein Geld hätte, das mal eben selber zu bezahlen, ließ er mal eben nicht gelten.

Eine weitere Frage meinerseits, ob er denn nicht im Hinblick auf den von mir bereits im letzten Jahr bezahlten Eingriff am 25er drei Zähne zum Preis von zweien lasern könne, hielt er für völlig abwegig, schließlich seien wir nicht in Amerika (?), und die 90 Euro stellten bereits ein Sonderangebot dar. Ich musste dann wohl oder übel die Behandlung auf zwei Zähne begrenzen. Daher der Vermerk.

Ich erkläre ihm das alles ganz genau, und vorübergehend ist Ruhe im und um den Behandlungsstuhl, weil nachuntersucht wird.

Als ich zum guten Schluss noch frage, warum ich nach der Einnahme von verschiedenen Antibiotika im Verlauf der Zahnbehandlung weiße Flecken auf der Stirn zurück behalten habe, muss ich mir zunächst anhören, dass erstens er »persönlich« mir nur einmal solches Zeug verschrieben hat und dass es zweitens »davon« nicht kommen könne (von einmal da kann das nicht sein – oder was?), oder ob ich vielleicht gegen Penicillin allergisch bin und es etwa versäumt habe, ihn hierüber aufzuklären? Ich bin nahe dran, ihm an die Gurgel zu gehen. Er fasst zusammen: »Ist das denn so schlimm, die paar Flecken auf der Stirn? Sieht man doch kaum.« Ich zähle langsam von 21 bis 22 und haue ihm eine runter.

Nicht wirklich wahr, weil *das* die Kasse bestimmt nicht bezahlt.

Im Wartezimmer

Bei meiner Gynäkologin – ihre Praxis liegt in St. Pauli – hat eine neue Sprechstundenhilfe angefangen. Das Wartezimmer ist mal wieder proppenvoll. Auftritt der neuen Sprechstundenhilfe: »Der Nächste bitte!« Ein kollektiver Aufschrei will sich unseren Brüsten entringen, da erhebt sich eine Patientin und stöckelt zur Tür. Wir sinken auf unsere Stühle zurück. Diese Waden sind nicht als Frauenwaden auf die Welt gekommen. Nun ja – wo sind wir denn? Wir sind auf dem Kiez, die Frauenärztin ist »in«, und wir sind alle progressiv bis auf die Knochen. Also blättern wir weiter stumm in *Emma, Natur* und ähnlichen Zumutungen. Wenn ich bei einem Arzt warte, will ich nicht belehrt werden, ich will mich amüsieren. Schließlich verbringe ich einen nicht unerheblichen Teil meiner Freizeit in Wartezimmern. Ab einem gewissen Alter verwandeln sich die kritischen Tage der Frau in kritische Jahre, und ab diesem Zeitpunkt finden ihre Rendez-vous vorwiegend mit medizinisch geschultem Personal statt.

Szenenwechsel: Ein anthroposophischer Arzt ist mir empfohlen worden. Ich betrete das Wartezimmer und falle sogleich über Kieselsteine, die auf dem Boden verstreut herum liegen. Wo keine Kieselsteine herumliegen, liegen Zweige mit vertrockneten Blättern. Sieht aus wie ein Blumenladen, der vor längerer Zeit aufgegeben worden ist. Habe ich die falsche Tür erwischt? Auf dem Fensterbrett die Sorte müder Topfpflanzen, die ich nur in Verbindung mit Ikea-Möbeln zu sehen gewohnt bin. Hier sitzt ein anderes Publikum in dumpfem Schweigen vereint. Viel Loden hängt an der Garderobe, auch der Teint ist naturbelassen. Hirsepicker, schätze ich. Und Hausmusik. Ich tippe auf Streichquartettabende mit rationierten Käseschnittchen. »Sich mit allzu streng geregelter Lebensweise gesund erhalten ist an sich schon eine ernste Krankheit (Rochefoucault)« hängt eingerahmt an der Wand. Sieh mal an. Und ich fürchtete schon, der Doktor würde mir das Rauchen verbieten. Tat er zwar trotzdem, nützte aber nichts.

Ein anderer Tag. »Ich kann jetzt nicht die Treppe machen, ich muss zu Doktor Tietz«, sagte ich zu meiner Nachbarin, die zwecks Ermahnung bei mir geklingelt hatte. »Ach, der Arschologe«, sagt sie, »da sitzen die Leute immer auf der Stuhlkante.« Sie hatte recht. Außerdem sah man sich hier noch weniger in die Augen als anderswo. Die ausgelegte Lektüre: »Wild und Hund«, »Ausbildung des Pferdes an der Hand« (Wo bin ich?) und eine geschmackvoll gestaltete Broschüre zum Thema richtige Ernährung bei gewissen Problemen, Titel: »Weich rein, hart raus.« Nicht schlecht. Die Hard-core-Versionen kann man sich immer am besten merken.

Eigentlich sollte jetzt ein Bericht über einen Besuch beim Tierarzt folgen. Nun hatte ich aber gerade kein krankes Tier zu Hause, genauer gesagt, ich habe überhaupt keins, noch nicht mal ein gesundes. So was kommt mir nicht ins Haus, dafür bin ich bekannt. Bevor ich mir aber eins leihen konnte – ein Punk von nebenan bot mir eins an, einen Hund, der so groß ist wie ich, eine Stoffwindel um den Hals trägt und auf den Namen »Mozart« hört – geschah etwas sehr Schönes, so dass ich leichten Herzens auf einen Tierarztbesuch verzichten konnte. In der letzten Woche stürmte ich etwas verspätet in mein Büro, wo meine Kollegin mir vorwurfsvoll einen Zettel entgegenhielt: »Eine Kundin für dich. Sie sitzt schon seit 9 Uhr nebenan.«

Ich warf einen Blick auf den Namen und errötete vor Freude. Auf diesen Augenblick habe ich seit Jahren gewartet. Ich fischte einen *Stern* von 1989, den ich 1993 bei meinem Zahnarzt entwendet hatte und für *diesen Tag* aufbewahrt hatte, aus der untersten Schublade meines Schreibtischs und drückte ihn der Kollegin in die Hand: »Den gibst du ihr – ich habe noch zu tun!« Beschwingt verließ ich den Raum in Richtung Cafeteria.

Frauensolidarität hin, Frauensolidarität her – die Kundin war die Frau meines Zahnarztes.

Madonna!

Sicher, Krankenhaus ist Krankenhaus, aber in Italien muss man das Klopapier mitbringen. Und Messer und Gabeln und Teller und Tassen. Und möglichst auch das Essen. Da ich aber meine Mahlzeiten durch einen Tropf erhielt, was nicht schön war übrigens, war das nicht mein Problem. Außerdem wurde ich auf der Stelle von der Familie Signora Ritas, die in dem anderen Bett lag, adoptiert und akkurat versorgt. Die Mitglieder von Signora Ritas Familie standen zwölf Mann hoch rund um die Uhr zur Verfügung, und draußen auf dem Flur warteten noch vier in Reserve, falls der Pegel drinnen unter zwölf sinken sollte. Das tat er manchmal, weil die weiblichen Angehörigen alle halbe Stunde verschwanden – zum Frisör, glaube ich. Unten vor dem Eingang sei eine Frisurenkontrolle und dahinter ein Frisörladen, behaupteten meine britischen Besucher (mickrige drei Personen, was meinen Status nicht gerade erhöhte), und Frauen würden erst mal durch diesen Laden gejagt, sonst dürften sie das Krankenhaus nicht betreten.

Mein Status war deshalb so niedrig, weil ich kein italienisch sprechen konnte. Der Chefarzt, der das in Italien vorgeschriebene Aussehen von Chefärzten besaß, also zu gleichen Teilen aus Vittorio Gassmann – erinnert sich noch jemand? –, aus Herrn Agnelli und aus Vico Torriani zusammengesetzt war und dessen roten Lamborghini, mit dem er zum Golfen fuhr, man deutlich vor Augen hatte, wenn er zur Visite auftauchte, war geradezu gelähmt vor Entsetzen, dass ich die einzige Sprache, die wirklich eine ist, nicht beherrschte. Immerhin kann ich auf französisch Essen bestellen, auf englisch über andere Leute reden und auf deutsch über quasi alles, was meine Freunde schon oft veranlasst hat »Nun halt doch um Gottes willen endlich mal die Klappe« zu mir zu sagen. Ich hatte dem Dottore also englisch, französisch und spanisch angeboten – wobei spanisch ein bisschen gelogen war, aber ich habe mich schon für einen Volkshochschulkurs Spanisch im Herbst angemeldet, wirklich wahr – und beinahe noch ein paar mir unbekannte Sprachen, bloß um anzugeben, aber ich merkte noch rechtzeitig, dass ihn das nicht beeindrucken würde. Als ein niedrigrangiges Arztmännchen mich ansprechen wollte, wies der Chef es gleich zurecht: »Non parla! Tedesca!! Muller!!!«, was übersetzt etwa heißt: »Eine Analphabetin, zudem noch Hunnin und mit einem grauenhaften plebejischen Namen.« Beinahe hätte ich »Arschloch« gesagt, dann fiel mir aber ein, dass dieser Begriff im Zuge der europäischen Einigung inzwischen womöglich in den allgemeinen abendländischen Wortschatz eingegangen ist wie »fuck«, und entschied mich im letzten Augenblick für »blöder alter Sack«.

Schließlich lernte ich dann um ein Haar doch noch italienisch, denn die Briten hatten ein deutsch-italienisches Wörterbuch aufgetrieben. Darin konnte man einerseits wichtige Sachen wie Muffenkupplung, Janitscharenmusik und Glimmleuchtröhren nachgucken, andererseits aber auch Wörter finden, von denen ich noch nicht mal weiß, was sie auf deutsch bedeuten (Federbesen). Ja, schon gut, Muffenkupplung könnte ich jetzt so aus dem Stand auch nicht direkt erklären.

Ausgereicht haben dann letzten Endes »Madonna!« und »Dio!«. Das passte immer. »Cazzo« durfte ich wegen der Signora Rita nicht sagen.

Müllers Schnuffi oder R2D2

Neulich in der Reha in der Gedächtnisgruppe. Wieso ich da rein kam, weiß ich auch nicht. Mein Gedächtnis ist ausgezeichnet. Ich sage zwar immer: »Der Dings in der Dingsbumsvorabendserie...«, aber alle meine Bekannten versichern, dass es ihnen genauso geht. Jedenfalls ist in der Gedächtnisgruppe neulich einer eingeschlafen, weil wir alle sehr intensiv an unsere PIN-Nummern gedacht haben, jedenfalls an die, die sie uns zum Auswendiglernen gegeben hatten. Das heißt, ich dachte daran, ob ich nachher mit der S-Bahn lieber zum Hauptbahnhof oder doch lieber bis zur Sternschanze ... und meine Nachbarin dachte daran – ich habe sie nachher gefragt –, wie sie den ersten und den zweiten Stock in der Reha auseinander halten kann, weil sie nie weiß, ob sie sich jetzt in der ersten oder zweiten Etage befindet. Ich sagte ihr dann, dass der erste Stock PVC hat und der zweite Teppichboden. Ihr Problem ist, wie sie P mit dem ersten und T mit dem zweiten Stock zusammenbringen kann. Meinem Vorschlag, die Angelegenheit P1T2 zu nennen, hielt sie entgegen, dass sie ja ebenso gut auch P2T1 sagen könnte. Das ist wahr. Allerdings habe ich davon Abstand genommen, »R2D2« in die Debatte zu werfen. Das hätte sie völlig durcheinander gebracht.

Herr Dings, also wie heißt er mal noch ... Herr P.!, ist allerdings ein Problem. Er ist immer guter Laune und quatscht und quatscht. Das liegt daran, dass er Bauunternehmer ist und ihm nie jemand mal die Wahrheit sagt. In der Reha ist man ja erst mal niemand, da hilft es, wenn man mal ein Wörtchen fallen lässt. Herr P.: »Neulich, als ich mit Bernhard Langer in Thailand zu einem Golfturnier war ...« Ich sah Herrn P. mit glasigen Augen an, als würde ich nur Bahnhof verstehen. Langer! Mit dem würde ich ja noch nicht mal in der gleichen Stadt wohnen wollen. Dass Uwe Seeler hier wohnt, reicht mir schon. Danach gingen wir dann alle in die Computergruppe. Da sollte ich sagen, welche Figur nach einem Dreieck, einem Kreis und einem Viereck kommen musste. Gott ja, ein bisschen komplizierter war's schon, aber nicht viel. So was konnte ich aber noch nie und hatte gleich schlechte Karten. Anschließend zeigten sie mir eine (angebliche!) Zeitungsnotiz, in der stand, dass Schnuffi, der Hund von Familie Müller krank wäre und der Tierarzt Dr. Meier ihm dreimal am Tag was zum Trinken gäbe und nach vier Tagen wäre er wieder gesund gewesen. Die Fragen: Wie hieß die Familie, wie der Hund, wie der Tierarzt, wie oft soll er was einnehmen und wann wurde er wieder gesund.

Ich bitte Sie! Solche Artikel lese ich nie! Müller konnte ich mir ja gerade noch merken, genauso wie ich mir gerade eben und eben Müller-Westernhagen merken kann, aber wie die blöde Katze jetzt wieder heißt...

Hinterher sagte ich, sehr erschöpft, zum Taxifahrer, ich möchte zu meiner Bekannten in die Dingsstraße. »Hamwer nich!«, sagt er. Nachdem er einige Zeit auf seinem Steuerrad herumgetrommelt hatte, sagte ich, er solle mich zur Kellinghusenstraße fahren, die fiel mir irgendwie ein. Von da aus musste ich noch ziemlich lange laufen. Soll ja sehr gesund sein.

Grippe

Zwei Tage nach Weihnachten war es dann so weit. Eigentlich wollte ich die diesjährig fällige Grippe auf das neue Jahr verlegen, weil die Inventur in der Firma erst im Januar ist, aber das Schicksal hat es anders gewollt. Das erste, was man machen muss, wenn die Grippe am Horizont herauf zieht, ist einkaufen. Krimis, Kreuzworträtselhefte, große Flasche »meta-virulent«, Pralinen und Tempotaschentücher. Gut ist es auch, viel zu schlafen und Radio und Telefon ans Bett zu stellen. Natürlich hat kein Schwein angerufen. Außer Herrn Behrmann, meinem Anteilungsleiter. Dem krächzte ich was in den Hörer, da war er zufrieden. Der glaubt nur, dass man krank ist, wenn irgendwas mit der Stimme ist. Da kann man klar und deutlich sprechen, aber gerade das Bein abgefahren gekriegt haben, das glaubt der nicht.

Dafür klingeln meine Bekannten immer gerade dann, wenn ich gerade mal mit Mühe eingedöst bin, bringen Mandarinen vorbei, die ich furchtbar finde, und geben gute Ratschläge. Ich solle heiß und kalt duschen, ich solle nicht heiß und kalt duschen, ich solle mit Kamille inhalieren, ich solle auf keinen Fall mit Kamille inhalieren, sondern mit Salbei, ich solle an nichts denken, ich solle mal darüber nachdenken, welche Probleme ich in Wirklichkeit habe – ha! damit könnte ich Seiten füllen!

Außerdem stellen sie dumme Fragen in der Richtung, ob ich nicht selber Schuld sei an meiner Erkältung. Selber schuld! Selber schuld! – Klar, ich hätte Heiligabend vielleicht nicht dieses Glitzerteil mit den Spaghettiträgern und die neue seidene Unterwäsche anziehen sollen. Aber was soll ich machen, wenn Harry mir vorher stundenlang in den Ohren liegt mit »Zieh bloß nicht dieses Teil an!« Man kann sich ja nicht ständig die eigene Persönlichkeit unterminieren lassen! Wenn es nach Harry gegangen wäre, dann hätte ich mit Skisocken und einem Norwegerpullover an der festlich geschmückten Tafel gesessen. Wie hätte das ausgesehen! Jetzt ruft er natürlich auch nicht an und sitzt hundertprozentig mit hochgezogenen Augenbrauen bei sich zu Hause rum. Recht geschieht ihm!

Die Apotheken-Umschau, die sie mir in der Apotheke mitgegeben haben, ist auch keine große Hilfe. Da geht es in der Januar-Ausgabe um das trockene Auge, Schwerhörigkeit und Alzheimer. Ich habe eine feuchte Nase, und hören kann ich sehr gut, wenn die nebenan ihre Spezialtherapie gegen die Grippe austoben. Und Alzheimer ist auch noch nicht direkt mein Problem. Das ist wohl eher das Problem des Radiosprechers in der Sendung »Medizin heute«, der sprach von Selbsthilfegrippen. Da durften auch Betroffene anrufen, welche aber vorwiegend Schulkinder waren, die sich hoffnungsvoll und interessiert zeigten an der flächendeckenden Ausbreitung der Krankheit.

Eben rief doch noch einer an. Ein befreundeter Cartoonist, der mir zur Aufheiterung Witze erzählen wollte; solche, die mit »Kommt ne Frau zum Arzt...« anfingen. Ich schlug ihm vor, sich welche auszudenken, die mit »Kommt ein Arschloch zum Proktologen...« anfangen. Da legte er auf. Jetzt wieder ein bisschen schlafen. Es klingelt. Die Nachbarin von oben möchte mir ein paar Vitamine vorbeibringen.

Wenn ich wieder gesund bin, kann ich einen Mandarinenstand aufmachen.

Zahlt alles die Kasse

Es war gerade Visite, daher musste ich im Zuge meiner Aktion »Kranke besuchen Kranke« eine Stunde im Aufenthaltsraum eines Hamburger Krankenhauses verbringen, bevor ich einer Kollegin den gesammelten Blumenstrauß der Firma überreichen konnte. *Brigitte* (Tabuthema: Darmsanierung) ist schnell weg gelesen, ebenso *die neue Frau* und *Freundin.* In zirka 3 Minuten habe ich einen Überblick über die wichtigsten Schönheitskliniken gewonnen, über 20 neue Pastarezepte, 19 neue Sommerkleider und echte wahre Lebensgeschichten. Was jetzt?

Wie das funktioniert, weiß ich nicht, aber kaum sitze ich mal irgendwo fünf Minuten, dann kommen Leute und erzählen mir ohne Punkt und Komma ihr Leben, obwohl ich nie eine Fernsehkamera dabei habe. Wie es *mir* geht, hat allerdings noch keiner gefragt. Diesmal kommt eine alte Dame hereingewackelt und setzt mich sogleich ins Bild. Ihr Mann ist vor sechs Wochen gestorben, nachdem er morgens noch anderthalb Brötchen mit Quark gegessen und sich Caro-Kaffee gekocht hatte. Sogar rasiert hatte er sich noch, was aber total für die Katz war, denn um zehn Uhr war er hin. Obwohl sie sich gegenseitig versprochen hatten, dass sie gemeinsam sterben wollten. Noch vor einem dreiviertel Jahr, als sie im Zug nach Düsseldorf gesessen war, hatte sie unterwegs einen jungen Mann kennen gelernt und war mit ihm »über Gott und die Welt und über Freitod« ins Gespräch gekommen. Da hatte der auf einmal eine Pistole gezogen und gesagt, das sei für ihn kein Thema. »Können Sie mir auch so eine besorgen?« hatte sie gefragt. »Null Problemo.« Danach tauschten sie Telefonnummern aus, und sie gab ihm einen Schein, aber was war? Nichts. Sie hatte später die Nummer angerufen, aber das waren Leute, die von nichts wussten. So geht es in der Welt zu.

Diese Vereine für humanitäres Sterben oder was, die taugen auch nichts. Die wollen einem nichts schicken, Sie wissen schon, Tabletten und so, aber Mitglied soll man werden, für 50 Euro im Jahr. »Damit die sich ein schönes Leben machen«, werfe ich ein. »Genau!« Jetzt komme sie gerade vom Mittagessen, da habe sie noch ordentlich zugelangt, weil sie morgen operiert werden soll, und da gibt es abends nichts mehr. Das Essen hier sei so lala, aber im Marien-Krankenhaus, wo sie mit dem Infarkt ... da sei es wirklich sehr gut gewesen. Kartoffeln so viel man wollte. Allerdings wäre das nichts gegen das AK Wandsbek. Da habe man unter vier Gerichten wählen dürfen, und Apfelmus gab es immer extra. Daraus mache sie sich allerdings nichts.

Zur Beerdigung, kommt sie jetzt wieder auf ihren verstorbenen Mann zurück, seien die Töchter beinahe zu spät gekommen, die sind nämlich beide in Afrika verheiratet, aber nicht mit Ne..., mit Schwarzen, sondern mit Raketeningenieuren bei der Deutschlandwelle. Jedenfalls so was Ähnliches, man kann ja nicht alles behalten. Den Töchtern habe sie gesagt, dass sie ebenso gut gleich hier bleiben könnten bis zu ihrer Beerdigung, vielleicht ginge ihre Operation ja schief.

Die Idee des Suizids und dessen Ausführung scheinen mir zwei verschiedene Dinge zu sein. Immerhin hatte die Frau schon vier Herzoperationen hinter sich. Hätte sie da nicht einfach auf eine verzichten können?

Nein. »Das zahlt doch alles die Kasse!«

Auch wieder wahr.

Bumsforschung

Die Pille für den Mann? Gab's die nicht schon mal? Und hatte die nicht null Chancen, weil Frauen viel besser Pillen schlucken können als Männer und dann auch ohne viel Tamtam die Krebs-Selbsthilfegruppen aufsuchen?

Okay, okay, ich hab's schon verstanden – diesmal geht es um Viagra.

Der Stoff, aus dem die Männerträume sind, war gerade als Herzmittel gescheitert, aber die Wissenschaft hat keine Anstrengungen gescheut und es eine Etage tiefer noch einmal versucht.

Was Frauen von der Sache halten, war den Berichten nicht zu entnehmen. Eine Blitzumfrage im Freundinnenkreis ergibt, dass Frauen mehrheitlich nicht die Sorge haben, dass sie zuwenig bedient werden, sondern zuviel. Außer Lisa: »Ich finde, die fünf Minuten müssen sein.« Aber sie sagte »fünf Minuten«, nicht »fünfzig«. Irgendwann muss man ja auch noch den Haushalt auf die Reihe kriegen.

Und dann die Nebenwirkungen: Bei der klinischen Erprobung hatten 15 % der Probanden Kopfschmerzen, Durchfall, Gesichtsrötung und eine verstopfte Nase. Was einem in diesem Zustand eine vierstündige Erektion bringen soll, außer dass man erzählen kann »Ich hatte eine vierstündige Erektion, ey«, weiß ich auch nicht. Zudem nahmen einige Männer »ihre Umwelt« vorübergehend mit einem Blaustich wahr. Wenn man Umwelt mal mit Frau oder Freundin übersetzt, dann finde ich es wenig erotisch, in den Armen eines Mannes zu liegen, der mich quasi als Wasserleiche wahrnimmt. Aber von Erotik ist ja vorne und hinten und unten und oben und wohin das Frauenauge auch verzweifelt blickt, bei der ganzen Angelegenheit überhaupt nicht die Rede. Erotik hat schließlich was mit dem Kopf zu tun, und gegen Kopfschwäche bei Männern ist bisher noch kein Mittel gefunden worden.

Als nächsten Schritt in der Bumsforschung darf man wohl die Vergrößerung des Gliedumfangs erwarten und damit einher gehend eine weitere Verknappung von Wohnraum für Frauen, die lieber alleine leben möchten.

Mädels – legt Euer Geld in Immobilien an!

Weiberviagra

Wieder einmal hatte es der *Spiegel* versäumt, eine im Zuge seiner Viagra-Titelstory (»Pille zum Poppen«, so mein Neffe Matthias, 13) erscheinende Glosse fett mit »Achtung, das ist jetzt bloß Spaß« zu überschreiben. Die Autorin hatte darin gefordert, die Verteilung von Viagra an Männer ausschließlich Frauen in die Hand zu geben. Zwei Ausgaben später äußerte sich ein Leserbriefschreiber dahingehend, dass sich seit Jahrzehnten Männer »krumm gelegt« und dazu noch »zu Tode gearbeitet« hätten, um den Frauen das Leben zu erleichtern, »siehe Waschmaschine und Strumpfhose« und noch irgendwas, das ich jetzt vergessen habe – Atombombe? –, doch kaum täten sie, die Männer, »mal ein ganz kleines bisschen für sich selbst«, fingen die Weiber mit dem Gekeife an...

»Ein ganz kleines bisschen« scheint mir doch ein ganz kleines bisschen untertrieben zu sein, sowohl bezogen auf das Zielobjekt von Viagra als auch auf die allgemeine Hoch-Stimmung, die das Auftauchen der Pille in Männerkreisen erzeugt hat.

Nun aber ist alles wieder gut: Wie man hört, sind Wissenschaftler jetzt tüchtig am Forschen, um nach der Wegwerfwindel, dem Staubsauger und ferngelenkten Boden-Luft-Raketen uns Frauen ein Weiberviagra zwecks Lebenserleichterung in die Hand zu geben.

Und das wurde auch höchste Zeit!

Noch vor hundert Jahren war ein weiblicher Orgasmus ungewöhnlich, wenn nicht sogar verdächtig – es reichte Männern, wenn Frauen die Augen schlossen und an England bzw. an Bismarck dachten, eine Vorstellung, die einem eventuell zu gewärtigenden Orgasmus sowieso von vornherein alle Chancen versaute.

Dann aber kam die Zeit, in der ein weiblicher Höhepunkt erwünscht, wenn nicht sogar gefordert wurde, was uns Frauen unter einen gewaltigen Druck setzte, dem sich nur wenige entziehen konnten. Diejenigen, die widerstanden, programmierten damit aber eine Dauer-Krise (War es schön für dich? – Ach, du hast schon angefangen?). Daher entschloss sich die Mehrheit, Streit zu vermeiden und einen Orgasmus vorzutäuschen. Was umso besser gelang, je mehr Anschauungsmaterial in Form von Ruckelfilmen in den Privatsendern zur Aufführung kam. Ehrlich gesagt, meine Damen, war diese Schauspielerei doch ziemlich anstrengend – einen Orgasmus vorzutäuschen ist ja ermüdender als einen zu haben und übrigens auch viel langweiliger – anstrengend insbesondere auch deshalb, weil plötzlich von multiplen Orgasmen die Rede war und von G-Punkten, ja, sogar vom vaginalen Orgasmus und was weiß ich.

Inzwischen hat es sich glücklicherweise bei Männern herum gesprochen, dass Frauen – selbstverständlich nur die Frauen der anderen Männer – einen gewissen Nachholbedarf haben. Und erst jetzt – endlich! – sind die Wissenschaftler dabei, sich krumm zu legen, um unser

Wohlbefinden, ja, unser Glück noch über die Teflonpfanne, Frauen-chats im Internet und so genannte Religionskriege hinaus zu vervollkommnen.

Liebe Schwestern, es ist heute kaum vorstellbar, wie sich mit Hilfe dieser segensreichen Pille unser Leben ändern wird!

Denken Sie nur einmal daran, dass all die für uns erfundenen Haushaltsgeräte zwar die Arbeit erleichtern und das heißt: die Arbeitszeit verkürzen, aber sie helfen uns nicht, mit diesen gewonnenen Stunden etwas Sinnvolles anzufangen. Der Trockner trocknet von alleine, der Herd schaltet sich ab, wenn die Mahlzeit fertig ist, die Kinder hängen wie angenagelt vor ihren Gameboys – und wir? Wir sitzen da mit einem Frauenroman und beneiden die Heldinnen um ihre ultraschicken Lovers, die ihnen einen Orgasmus nach dem anderen bescheren.

Sich mopsen und andere Frauen beneiden, das wird es bald nicht mehr geben! Wenn wir erst die Pille haben! Und wenn wir erst die Pille haben, werden wir auch andere Wartezeiten kurzweilig überbrücken können; auf dem Amt, beim Frisör, beim Arzt, in der Schlange vor dem Postschalter, beim Einchecken auf dem Flughafen und auf den teuren Plätzen im »Phantom der Oper«, die Schwiegermutter uns zur Silberhochzeit geschenkt hat. Das wird ein Leben!

Und denken Sie nur an das öde Vorspiel! Damit ist es jetzt auch vorbei! Vorbei ist es mit den Männerzungen, die überall da waren, wo sie nicht hingehörten, besonders im Ohr, wo es so infernalisch kitzelt, da mussten wir uns immer mühsam ein Lachen verbeißen. Vorbei auch der umständliche Verhütungskram, das Vorherduschen, Nachher-duschen, vorbei die Zigarette danach (einziger Minuspunkt), vorbei das: Mach-dir-nichts-draus-Schatz-das kann-doch-jedem-passieren (er nimmt natürlich auch Viagra) oder vielleicht sogar alles vorbei mit den Männern, hehe.

Das Geld verdienen wir schließlich selbst, für kleinere

Reparaturen im Haushalt gibt's den Handwerksburschen, Kinder werden von der Samenbank geliefert, am Frühstückstisch muffelig sein, können wir ganz alleine, und um einen Orgasmus zu kriegen, brauchten wir sowieso noch nie einen Mann. Wir werfen nur noch unsere Pille ein, und dann heißt es: »Hoppla, jetzt komm ich!«

O schöne neue Welt, die solche Pillen hat!

Dessous-Party

Nein,nein, keine Tupperparty – eine Dessousparty!«, versichert Bernadette am Telefon. Das sei der letzte Schrei und die Frau von Welt müsse unbedingt... Seufzend mache ich mich auf den Weg, man sollte ja möglichst auf dem Laufenden bleiben.

Die Dessous-Party ist bei Karin, die uns versprochen hat, dass nicht nur geschmacklose Unterhosen zu erwarten sind, sondern auch jede Menge Schweinkram. Jacqueline, die »Beraterin«, erscheint mit einem riesigen und mit einem normal großen Koffer, mustert etwas unsicher das großbürgerliche Ambiente von Karins Wohnung und stellt zu unserer Enttäuschung den kleineren Koffer erst mal beiseite. Die roten, schwarzen und sogar weißen Negligés sind schnell durchgesehen, auch die durchaus nicht geschmacklosen Slips – sie sind essbar und weisen Geschmacksrichtungen von Schokolade bis Kiwi auf – werden beiseite gelegt. Eine erwartungsvolle Stille tritt ein, die Jacqueline offensichtlich nicht richtig zu deuten weiß. Renate springt in die Bresche und erzählt eine, wie ich weiß, zusammen gelogene Geschichte darüber, wie sie neulich bei ihrer Mutter (ihre Mutter ist seit 15 Jahren tot) im Gästebett lag. Mutter brachte ihr spätabends – Überraschung! – noch eine schöne heiße Tasse Kakao, und Renate hatte angeblich große Schwierigkeiten, die Herkunft der Geräusche unter ihrer Bettdecke zu erklären. Sie hatte das Knöpfchen zum Ausmachen nicht gefunden. – Na also! – Es hat gewirkt! Der Wunderkoffer wird geöffnet. »Momentnochmal!« Karin saust in die Küche, um die Flaschen für die zweite Schüttung Sekt zu besorgen, »damit wir das besser verkraften!« Zunächst gibt es aber nur mehrere Kugeln zu sehen, jeweils zwei miteinander verbunden, davon einige rosa und hellblau umpuschelt. »Zum Fahrrad fahren«, erläutert Jacqueline, »die werden gerne zum Fahrrad fahren genommen.« Das gibt zu denken. Da ist man also jahrelang Fahrrad gefahren, und nie ist man auf die Idee gekommen, dass man dabei noch das Angenehme mit dem Nützlichen hätte verbinden können. Sie wühlt weiter im Koffer und holt nun das heraus, was wir eigentlich erwartet haben. Die Prachtstücke stehen jetzt aufgereiht auf dem Kaminsims. Du liebe Güte! Falls die Evolution so was in früheren Zeiten mal zustande gebracht haben sollte, dann ist verständlich, dass die Träger dieser Apparate ausgestorben sind wg. permanenten auf die Schnauze Fallens. Karin verschwindet wieder in der Küche, um Nachschub zu holen. Jacqueline beginnt derweil mit einer technischen Produktbeschreibung, die ein Waschmaschinenverkäufer auch so ähnlich hingekriegt hätte. Digital, hören wir, Solarzellen, glaube ich zu verstehen, Superbatterien... Karin bringt die dritte Schüttung, die vierte... dann verblasst der Gedanke an den Liebsten zu Hause, an dessen Grundausstattung es bisher nichts zu mäkeln gab, aber jetzt doch irgendwie oder was... und der einen übrigens im Kino wähnt. Der Rest des Abends bleibt im Ungewissen, und ebenso ungewiss bleibt die Hoffnung, dass man Jacquelines Angebot einer »Probefahrt« ganz bestimmt ausgeschlagen hat.

Baggern

Besuch von Dörte! Die habe ich mal im Urlaub im Süden kennen gelernt. Da haben wir abends sehr viel Rotwein getrunken und anschließend die hübschen kleinen Gläser mitgenommen. Sie ging dann noch in die Diskothek, während ich mich ins Bett legte. Nachmittags saßen wir gemeinsam in Cafés herum, wo wir Sun-downers zu uns nahmen, auch wenn die Sonne noch kreischend im Zenit stand, und beobachteten die Leute und machten unfeine Bemerkungen. Jetzt haben wir uns wieder über alles Mögliche unterhalten. Zum Beispiel darüber, wie man früher angesprochen wurde und was man dann sagte und wie das heute so ist.

Früher waren die ersten beiden Plätze auf den Bagger-Charts: »Sind Sie öfters hier?« und »Kennen wir uns nicht?« Darauf antwortete man als Frau irgendwas, und dann ging es langsam irgendwie weiter oder auch nicht, das kennen Sie ja. Meine Schwester, die in Münster studiert hat, konnte noch von einer speziellen Variante berichten: »Sind Sie *auch* katholisch?« Heute haben die Frauen nicht mehr so viel Zeit, weil Zeit Geld ist und sie Singles sind und alle kleinen Reparaturen persönlich ausführen müssen und sie sowieso einen Beruf haben und Termine und was weiß ich.

Dörte macht die Ansagen jetzt selbst. Was sich ihrer Ansicht nach bewährt hat, ist, jemanden am Pulloverärmel zu packen und zu fragen: »Sachma, das ist doch Kaschmir – *womit* wäschst du das?« Meistens sagen die dann, dass das gar kein Kaschmir ist und ratzfatz ist man schon im Gespräch. Das geht aber nur im Winter.

Sonnabend waren wir zusammen auf einem Straßenfest im Viertel. So viele Wickelröcke und Räucherstäbchen hast du lange nicht mehr auf einem Haufen gesehen. Es gab auch live-Musik, da standen Jungs auf einem Lastwagen mit riesigen Boxen und sagten, dass sie sich mal so gedacht hätten, dass sie mal so Musik machen wollten, und einer hieße Jens und wohne in der Susannenstraße, und Bernd käme aus der Otzenstraße. Alles sehr persönlich. Die Sehnsucht nach Bullerbü ist auch in langhaarigen Kreisen ungebrochen.

»Können Sie mir sagen, wie spät es ist?« wurde Dörte gefragt. Blitzschnell gab sie zurück: »Ich heiße Dörte«. Das nenne ich eine flotte Decodierung.

Unfug, Humbug & Cie.

Schon vor der Tür der Hamburger Handelskammer, wo die Esoterikmesse stattfindet, werden Andrea und ich angehalten und müssen eine Broschüre annehmen: »Lesen Sie das in Ruhe durch!« schnauzt der junge Mann uns an, »damit Sie mal zur Besinnung kommen!!« Ehe wir womöglich eins über die Rübe kriegen, schnappen wir das Heft und verschwinden. Ich blättere es schnell durch. Aha. Hier spricht die Opposition. Nämlich Jesus, der das alles überhaupt nicht gut und Beten besser findet. Vermutlich hat er recht.

Drinnen riecht es allüberall nach Räucherstäbchen, und auch die Musik versetzt einen in schwerste Adventsstimmung. So was bringt mich immer ganz durcheinander. »Möchten die Damen einen Natur belasteten Saft probieren?« »*Was* hat der gesagt – so was nehm ich nicht!« Andrea hat aber richtig hingehört, es hieß »Natur belassen«. Sie klärt mich auch darüber auf, dass diese Büchlein da keine »Geschenke für ein leichtes Leben«, sondern für ein lichtes Leben sind, und dass nicht von »Loslassen und Abnehmen« die Rede ist, sondern von Loslassen und Annehmen. Der dazugehörige Verlag heißt übrigens Elfenhellfer.

Ein ähnlich bescheuerter Name ist Omnec Onec. Das ist eine Dame, die sich gerade in der Mittagspause befindet. Sie hat aber einen Zettel am Stand hinterlassen, dem man entnehmen kann, dass sie eine Autobiografie »Ich kam von der Venus« geschrieben hat. Das hätte mich jetzt aber wirklich interessiert, z.B.

wie sie dort die Sache mit dem Sauerstoff geregelt hat...

Andrea ist erschüttert vom Anblick der Ausstellenden. Männlein als auch Weiblein gucken aus der Wäsche wie Rotkreuzschwestern, die gerade eine Fortbildung über Dauergrinsen hinter sich haben. Ich bin schon einmal auf einer Esoterikmesse gewesen und weiß Bescheid. »Die sind erleuchtet«, erkläre ich ihr. – »Schön und gut, aber muss man dann so scheußliche Klamotten anziehen?«

Am nächsten Stand gibt es Katzenfelle zu erwerben. Gegen Rheuma, gegen schlechte Vibrationen sowie gegen alles Böse auf der Welt. »Dass die keine Angst vor Tierschützern haben«, bemerkt Andrea. »Sind wahrscheinlich biologische Katzen«, beruhige ich sie.

»Aura Star 2000: Gehirn und Bewusstseinsaktivität im Puls der Reflexzonen ... zeigt unbewusste Verhaltensmuster auf.« Andrea zieht mich weg. Sie hat ja recht. Wer will schon seine versteckten Verhaltensmuster aufgezeigt kriegen. Und dazu noch im Aktivierungsreflex der bewussten Pulszonen; dabei fällt mir ein, dass ich zu Hause dringend meine Putzreflexe aktivieren...

Andrea ist schon zwei Stände weiter und liegt auf »Lisetta«, der »Vollholzklappliege«, was ihr Gelegenheit gibt, mehrfach »Vollholzklappliege« zu dem Verkäufer zu sagen. »Ist diese Vollholzklappliege wirklich aus Vollholz?«

Angeboten werden uns sodann Gesegnete Kräuterkerzen, handgearbeitet unter Berücksichtigung der Mondphasen, das Stück 14 Euro, und Halbedelsteine, die gegen jedes denkbare Leiden helfen, vom Hühnerauge bis zu Suizidgedanken.

Höret es denn nimmer auf? Nein. Es folgen noch: Aurafotografie, Salzkristall-Leuchten, Selbsthilfe mit weißer Magie, Mandala-Malen und »Warum wir durch den Tod nicht sterben« – eine Hoffnung, die die gesamte Veranstaltung durchzieht wie Schimmel einen alten Käse.

Mehr umnachtet als erleuchtet treibt uns ein dringendes körperliches als auch spirituelles Bedürfnis vorzeitig aus dem Hause: Doppelte Espresso-Cognacs werden hier nicht angeboten.

Feng Shui

Wer was auf sich hält, richtet seine Wohnung nach den Prinzipien von Feng Shui ein. Das erfuhr ich heute, als ich Birgitta in ihrem neuen Heim aufsuchte, nachdem ich mit einer, wie sie meint, fadenscheinigen Ausrede den Umzug versäumt hatte – ich war im Urlaub.

Bisher hatte ich den Begriff Feng Shui unter asiatische Kampfsportarten eingereiht wie Tai Chi, Qi Gong und Yin und Yang, welche man im Zusammenhang mit dem Verzehr von ungeschältem Reis und ähnlich leckeren Sachen betreibt. Und dabei stundenlang seine Gliedmaßen zeitlupenartig bewegt, vorzugsweise in öffentlichen Parkanlagen. Wo einen die Kinder dann immer fragen: »Was macht der Mann da – hat der ein Aua?«

»Feng Shui«, erläutert Birgitta, »heißt ›Wind und Wasser‹ und bedeutet, dass alles, was uns umgibt, fließende Energie ist.« »Okay, okay, und was ist mit den Holzflöten im Flur?« Die Flöten, erfahre ich, sollen das schneidende Chi, das durch Ecken und Kanten der Möbel und Wände hervorgerufen wird und böseböse ist, ablenken und verteilen. »Du meine Güte – und was ist Chi?« – Ich dachte es mir schon: die unsichtbare Lebensenergie. Die am besten in runden Häusern fließt, aber da kann man in Hamburg lange suchen, seufzt Birgitta. Das stimmt. Die einzigen runden Häuser hier sind die französischen Pissoirs, die während des Weinfestes auf dem Rathausmarkt aufgestellt wurden. Dass es da ordentlich floss, ist allerdings wahr.

Birgitta sitzt inmitten einer wüsten Unordnung am Schreibtisch und hantiert mit Lineal und Millimeterpapier. Sie zeichnet ein Bagua. Ach so, alles klar – und? – was ist das? »Da!« Sie reicht mir ein Buch »Die Balance des Lebens finden – Feng Shui.«

Bei einer Tasse grünen Tees – wozu hat sie eigentlich diese teure Cappuccino-Maschine gekauft? – schlage ich das Buch auf. Bagua ist ein Strukturgitter, in das man den Grundriss der Wohnung einzeichnet und in neun Bereiche einteilt. Ruhm, Karriere, Familie usw. »Und in welchem Bereich sitzen wir jetzt?« »Hilfreiche Freunde.« »Sieht aber scheiße aus, hier.« »Das wird noch.« Im Buch lese ich nach, dass eine Familie G. ständig unter Nachbarn zu leiden hatte, diese aber zu hilfreichen Freunden wurden, als Familie G. ihre Helferecke aufgeräumt hatte. Das klingt logisch.

Jetzt schnell weitergeblättert zum Bereich Partnerschaft, aber da gibt es leider kein Fallbeispiel à la »Kaum hatte Frau M. das Bett schräg gestellt, da hörte Herr M. mit dem Saufen auf«.

Ich wandere in die Küche, um nach der Kaffeemaschine zu suchen. »Hör mal, hier sieht's ja aus wie bei meiner Mutter!« Birgitta hat alle Borde mit Spitzen- und Fransenborten verziert, die wie die Flöten das schneidende Chi abhalten sollen. Übrigens ist nächste Woche die Reinigungszeremonie, da wird von den Vormietern übrig gebliebenes schlechtes Chi ausgetrieben. Mit Kerzen, Glocken, Bachblüten und Händeklatschen. Ach du liebe Zeit. »Nächste Woche kann ich nicht, ich nehme Urlaub.« »Ha! Du warst doch gerade!« »Da wohnte ich in einem viereckigen Haus. Zuviel negative Energie. Jetzt hab ich einen Iglu gebucht.«

Kettenbrief

Dies ist ein Glücksbrief. Er ist dreizehn mal rund um die Erde und einmal um Hamburg gegangen und wird jetzt auch Dir Glück bringen.

Schicke diesen Brief weiter an eine Million Freunde, das wird Dich rund 500.000 Euro kosten. Es brauchen auch nur 10 Freunde zu sein. Du musst auch gar nicht mit ihnen befreundet sein. Schicke ihn einfach an jeden Idioten weiter, den Du kennst. Das sind bestimmt mehr als 10 Leute.

Auf jeden Fall wird er Dir Glück bringen. Versäumst Du es, diesen Glücksbrief weiterzusenden, so wirst Du innerhalb des nächsten Jahres eine Erkältung kriegen, und die Deutsche Bundesbahn wird ihre Preise erhöhen. Frage Dich, ob Du das wirklich willst. Möchtest Du Dich ohnehin gerne krank schreiben lassen und besitzt sowieso ein Auto, dann vergiss dies alles. Und fahre jetzt mit dem Lesen fort:

Schicke diesen Brief unbedingt weiter. Wenn Du es nicht tust, wird es Dir ergehen wie den folgenden Leuten:

1. J. W. von Goethe, ein Diplomat in den neuen Bundesländern, schrieb gerade an seiner Farbenlehre, als er eines Tages bei Frau von Stein zum Tee geladen wurde. Er vergaß diesen Brief dort, und Frau von Stein gab ihn in die Altpapiersammlung. Goethe schrieb weiter an seiner Farbenlehre, und die ging dann auch voll in die Hose.

2. William Clinton, ein Anlagenbetrüger aus Idaho, erhielt den Brief und benutzte ihn als Fidibus zum Anzünden seiner Zigarre. Noch am selben Tag stellte sich eine neue Praktikantin vor. Daraufhin hatte er pausenlos Krach mit seiner Frau.

3. Theo Diogenes, ein griechischer Kommunikations-

theoretiker, war beim Empfang dieses Glücksbriefes gerade in ein Reihenhaus umgezogen. Er passte einen Moment nicht auf, und sein Hund fraß den Brief. Eine Woche später stiegen die Hypothekenzinsen ins Unermessliche, und er musste bis zum Ende seines Lebens in einer Tonne übernachten.

Es gibt aber auch positive Beispiele, die Dich ermutigen sollen, in der richtigen Weise mit diesem Brief zu verfahren:

Vier junge Männer aus Liverpool nahmen diesen Brief entgegen und wollten gerade Joints daraus drehen, als sie feststellten, dass kein Haschisch im Hause war. Sie lasen den Brief, waren begeistert, schickten ihn an alle Agenten, die sie kannten, und schrieben dann ein Lied mit dem Titel »All you need is dope«, was später in »love« umgeändert und ein großer Erfolg wurde, so dass sie sich in Zukunft richtige Zigaretten leisten konnten.

Adolf Hitler, ein unständig beschäftigter Schausteller aus Österreich, verlor den Brief, fand ihn aber in einem Auto-Scooter wieder und schickte ihn an andere arbeitsscheue Elemente, die mit ihm zusammen ein Tausendjähriges Reich gründeten. Dass das nicht hundertprozentig klappte, lag daran, dass die Chefs rivalisierender Gruppen den Brief an noch mehr Leute versandt hatten.

Ich selbst gab diesen Brief an 63 Bekannte weiter, und eine Woche später gewann ich 4,65 Euro im Lotto. Das scheint Dir nicht viel zu sein, aber es handelt sich trotzdem um ein großes Wunder: Ich hatte überhaupt keinen Lottoschein abgegeben.

Wenn Du gerade keine Zeit zum Briefe versenden hast, dann schicke mir die Adressen der Menschen, denen Du viel Segen wünschst und vergiss nicht, das Geld für die Briefmarken dazu zu legen.

Das Glück sei mit Dir.

Schlechtes Karma

Mit den Geldern, die ich auf meiner Konfirmation einsammelte, kaufte ich mein erstes eigenes Rad, das kostete 100 Mark und war ein echtes Damenfahrrad. Vorher durfte ich nur das alte Rad meines Vaters benutzen, was sehr anstrengend war – immer mit dem einen Bein unter der Stange durch. Es sah auch bescheuert aus, besonders, wenn man einen Knicks machen musste, weil man anderen Dorfbewohnern begegnete, und das passierte natürlich ununterbrochen, so dass man aus dem Knicksen praktisch nicht mehr heraus kam.

Fahrrad fahren war selbst in den noch autolosen Zeiten nicht nur nützlich, sondern konnte auch gefährlich sein. Die Nietenhose hatte ihren Siegeszug in der Damenwelt noch nicht angetreten, und so geriet der Rock – lange Glockenröcke waren sehr in Mode – nicht selten in die Speichen, was meistens einen Sturz, aber immer einen Riesenkrach zur Folge hatte, wenn man mit zerfetzten Klamotten zu Hause ankam. »Frauen«, behauptete mein Onkel, der lange im Fernen Osten gelebt hatte, »Frauen haben ein schlechtes Karma auf Geräte.« Er spielte damit allerdings hauptsächlich auf unsere Herde, Kühlschränke und Toaströster an, die andauernd ihren Geist aufgaben und auch nicht wieder zu beleben waren, weil meine Mutter zwecks Einsparung von Handwerkern darauf bestand, sie selbst zu reparieren. Aber es passte auch auf Großmutter, die ein Fahrrad zu besteigen pflegte wie andere Leute ein Pferd. Sie packte die beiden Griffe und hievte ihren Hintern auf den Sattel, während sich das Rad sozusagen in Ruhestellung befand. Zu diesem Zeitpunkt hatten sich schon alle Nachbarn versammelt. Dann ging ein wildes Hin und Her des Vorderrades los, bis sie die Füße auf den Pedalen hatte. Die ersten fünf Meter fuhr sie Schlangenlinie. Jetzt wurde entweder heftig geklatscht oder ein Kind nach dem Erste-Hilfe-Koffer geschickt. Dass Großmutter nicht mehr als zweimal beim Auf-die-Fresse-fallen ihren Oberschenkelhals gebrochen hat, grenzt an ein Wunder. Großvater fiel fast ebenso oft wie Großmutter von seinem Fahrrad mit Hilfsmotor, das er stolz »Moped« nannte und das ihm von der männlichen Dorfjugend sehr geneidet wurde, aber seltsamerweise passierte ihm nichts, außer dass er hier und da mit einer blutigen Nase heimkam. Die Elastizität seiner Knochen, erklärte er uns Kindern, beruhe darauf, dass er immer die angegammelten Reste der Leberwurst und die Dickmilch »mit Pünktchen drauf« aufesse, die wir verschmähten.

Selber Fahrradfahren ist ja okay und prima, aber dass die Leute das auch in Großstädten tun dürfen... in Hamburg fahren sie alle auf den Bürgersteigen wie die Wahnsinnigen; erst neulich hat mich ein Radfahrer beinahe umgefahren, und als ich einen Laut des Unmutes ausstieß, drehte er sich beim Weiterfahren um und zeigte mir den Mittelfinger. Kurz danach traf ich den Kontaktbereichsbeamten und fragte ihn, ob das überhaupt erlaubt sei, auf dem Bürgersteig zu fahren und so. Sagt er, dass es keinen Paragraphen dafür gebe, »aber was nicht direkt verboten ist ... äh ... das ist nicht verboten.« Klingt irgendwie logisch, aber wo hat Logik schon mal so richtig weiter geholfen? Jedenfalls nicht beim Rad fahren.

Seelenverwandtschaft

Kurz bevor das Semester beginnt, sind natürlich alle Kollegen noch mal schnell krank geworden, und Herr Behrmann bemühte sich persönlich in mein Büro – ob ich einen Teil der Beratungen für unsere Kurse übernehmen wolle. »Auf gar keinen Fall«, war das erste, was mir einfiel. Das zweite, was mir einfiel, war, dass ich ihn ja demnächst um eine Gehaltserhöhung anhauen will, und da erschien es mir doch angebrachter, mein höchstes Entzücken über diese Zumutung zum Ausdruck zu bringen.

Kaum war Klient Nummer Eins, ein Herr mittleren Alters, der ganz offensichtlich annahm, dass ich Probleme mit den Ohren habe, in meinem Büro aufgelaufen, und kaum hatte ich ihm ein, zwei Kurse und deren Bedingungen erläutert, da schrie er bereits, ich sei große Klasse, ach, was sage er da, su-per-gros-se Klasse, und hätte ihn su-per beraten – wir zwei seien »akkurat von einem Schlag«. Direkt vorher hatte er mir noch ins Ohr gebrüllt, er sei eigentlich ein »Hippie« – keine Ahnung, ob damit ein richtiger gemeint war oder nur so eine Art Wochenendhippie, denn er trug weder einen selbst gewebten Kittel, noch roch er nach Räucherstäbchen. Außerdem, fuhr er in derselben Lautstärke fort, seien wir ein Jahrgang – woher er das wissen wollte, weiß ich wirklich nicht – und teilten eine Art Seelenverwandtschaft – und das nur, weil ich kurz zuvor doch ein bisschen schmunzeln musste, als er mir mit schmetternder Stimme zurief, er werde seinem Chef bald eins in die Fresse hauen, er wäre jetzt langsam so weit, ob ich schon einmal einem Löwen mit dem Aszendenten Schütze begegnet sei? Bevor ich noch Pipp oder Papp sagen konnte, lieferte er schon die Antwort, die mich gar nicht überraschte: Es sitze gerade einer vor mir. Der sich zudem nicht verarschen lasse, lärmte er weiter, und dem das Kämpfen Spaß mache. Der alte Sack jedenfalls – sein Chef – würde es dann schon merken und danach nichts mehr. Nichts! Für immer! »Seelenverwandtschaft?« warf ich mit schwacher Stimme ein. Dochdochdoch! Das mit der Seelenverwandtschaft habe er an dem Blitzen in meinen wunderschönen braunen Augen gleich bemerkt, schrie er. Das könne ich nicht verbergen. Ich müsse es auch nicht zugeben. Das sei gar nicht nötig. Er sei jedenfalls tip-top zufrieden mit mir. Das müsse er jetzt mal ganz ehrlich sagen, und das sei als echtes Kompliment gedacht, ohne Scheiß. Und darauf sollten wir unbedingt heute Abend einen heben, das sei ja wohl klar. Er kenne da ein lauschiges Plätzchen, wo wir uns mal in aller Ruhe über alles unterhalten könnten. »Mein Mann...« konnte ich gerade noch halb besinnungslos stammeln. Ein Glück, dass das sonst keiner gehört hat; ich gelte in der Firma als Hardcore-Emanze. »Männer!« tobte er, »Hahaha!« Männer seien dazu da, dass man sie gleich vergesse. »Ja eben«, murmelte ich.

Jetzt habe ich das Büro mit Hans-Hermann getauscht, der den Auftrag hat zu sagen, ich sei vorübergehend ausgewandert oder gestorben oder niedergekommen, ganz egal. Mit Herrn Behrmann habe ich inzwischen auch abgesprochen, dass ich keine Beratungen mehr übernehme. Ich hatte mir überlegt, dass ich eigentlich gar nicht so viel Geld brauche. Was soll ich mir schon dafür kaufen? Winterklamotten habe ich genug und Sommerklamotten braucht man heutzutage ja quasi gar nicht mehr.

Mit Mönchen in der Dunkelkammer Bäume ansprechen

In den langen Wintermonaten kann man sich ja gern mal ein bisschen weiterbilden, da kommt das Programm der Volkshochschule gerade richtig: »Auf Wunsch werden auch einheimische Baumarten angesprochen« heißt es in einer Kursankündigung. Gott ja, warum eigentlich nicht? – Habe ich doch schon Leute mit Hunden und Katzen und Mülltonnen und sogar mit ihren eigenen Ehefrauen und -männern sprechen sehen. Was gipps denn sonst noch – vielleicht was Künstlerisches? Wo man beispielsweise das »Wiedererkennen der eigenen menschlichen Form erleben und gestalten« kann. Oder so. Oder so ähnlich. Damit hatte ich bisher noch keine Schwierigkeiten. Wohl aber mit Ölmalerei, das wäre doch was! »Die Ölmalerei wird von mittelalterlichen Mönchen bis zu zeitgenössischen Verfechtern untersucht.« Das hört sich klasse an. Zufällig bin ich aber kein mittelalterlicher Mönch und auch kein Verfechter von irgendwas (Verfechter mittelalterlichen Mönchtums?), das wäre ja noch schöner. Deshalb vielleicht lieber eine Wien-Exkursion – Wien, ach Wien! Da werden aber bloß »Künstler des Jugendstils an praktischen Übungen erläutert«. Igitt. Wer will denn Übungen mit längst Verstorbenen machen? Ich blättere weiter und sehe mich mit allerhand Kursen konfrontiert, in denen gearbeitet, erarbeitet, erörtert, aufgezeigt und deutlich gemacht wird. Das fehlte noch. Aus dem Alter bin ich ja wohl raus. Und auch aus dem Alter, in dem man »Interesse am Dialog« hat, vor allem, wenn der in einem wie auch immer gearteten Zusammenhang mit Steinbildhauerei steht. Mit Steinen sprechen! Die Nummer hatten wir schon mal mit Bäumen, neenee.

Jetzt mal ganz was anderes: Gesundheit! »Pilze, insbesondere der Pilzbefall des Darmes«, hebt eine Kursbeschreibung an, »sind ins Gespräch gekommen.« Au weia. *Den* Party-Dialog kann ich mir lebhaft vorstellen: »A propos – dieser köstliche Champignonsalat – wie sieht es denn aktuell mit dem Pilzbefall Ihre Darmes aus?« – »Ach Gott, was soll ich sagen – und selber?« Ich blättere weiter. »Wohnwünsche«, lese ich, die Seiten überfliegend, »Zeitbedürfnisse« und »natürliche Sprechsituationen«. Das finde ich alles bähbäh und möchte im Leben nichts damit zu tun haben. Und überhaupt würde mir ein Wochenendkurs reichen. Und den gibt's auch, für Dokumentarfotografie, nein, sogar zwei. Und – ganz toll: einer davon in der Dunkelkammer!!

Solange da keine Jugendstilmönche in eigener menschlicher Form Bäume anbaggern, soll's mir recht sein. Und übrigens, schauen Sie doch mal in das Programm *Ihrer* Volkshochschule, ehe Sie anfangen, dreckig zu lachen.

Herüberbringung

Heute gab es schon mehrere Schüttungen Sekt in der Firma, weil Kollege Hanno seinen 61. Geburtstag feierte. Ich bewunderte sofort sein neues Seidenhemd. Er sagte, dass man ja nur hundertmal Geburtstag hätte, da könnte man schon mal ein neues Hemd kaufen. Das ist wahr. Danach sprach ich mit ihm über die diversen Broschüren, die demnächst angeliefert werden sollen und anschließend auf die Filialen verteilt werden müssen, und dass Herr Zielonka die Auseinanderfahrung machen wird. Dann erörterten wir das Gewicht der Broschüren, nämlich 300 kg, und ob Herr Zielonka die in den Kombi kriegt. Das entspräche ungefähr dem Gewicht von fünf Leuten, sagte Hanno, aber, so wandte ich ein, nicht dem Umfang, denn unsereins bestünde ja fast nur aus Wasser, woraufhin Hanno ins Grübeln kam und mir dann mitteilte, dass Menschen ja quasi wandelnde Teiche seien. Als wir uns später am Tag auf der Treppe begegneten, hieß es gleich: »Weiher Eins grüßt Weiher Zwo.«

Hauptthema auf der Geburtstagsfeier war die Gesundheit. Der Chef hat auch schon gesagt, dass der Betrieb ein bisschen überaltert ist. Frau v. Borkel hat seit einem halben Jahr ein Ekzem am Arm, da konnte der Arzt nichts zu sagen, jetzt sei es aber so gut wie weg mit Pipi-Behandlung. Das Schwierigste an der ganzen Sache sei nur die Hinunterkriegung des Ellenbogens in den Strahl gewesen. Ich selbst konnte beisteuern, dass erst kürzlich ein Computertomogramm bei mir gemacht worden sei, worauf Hanno mich beglückwünschte und fragte, wohin ich es habe machen lassen. Auf den Oberarm? Auf die Schulter? Oder hinten? Und was drauf wäre – Drache, Panther, Totenschädel, Yin und Yang aus der Schmidt-Show? Und ob er es mal sehen dürfe? »Tut es wirklich so weh«, unterbrach ihn der neue Lehrling Bastian, »wie immer gesagt wird?« »Alles Quatsch«, warf Frau Gehren ein, »die Leute haben ja keine Ahnung. Wenn es weh tut, dann heißt es Piktogramm. Und wenn es am Arsch gemacht wird, Kilogramm. Oder Pogrom.«

Hans-Hermann aus der Buchhaltung konnte über sein homogenes KM-Enhancement berichten. Ich hoffe, dass das keine Frechheit war. Dafür seien aber keine retroperitonealen oder mesenterialen LK-Vergrößerungen gefunden worden! Das fanden alle total beruhigend. Fräulein Kölln vom Empfang stellte dann eine »Geometrische Persönlichkeitstheorie« vor, die sie entwickelt hat. Die ist sehr komplex und kann hier nicht in allen Einzelheiten beschrieben werden. Nur so viel: Sind Sie ein Dreieckstyp oder eher ein Vieleck im Übergangsstadium zum Kreis? Sie sei schon bei der Runterschreibung eines Buches, sie glaubt, dass das ganz einfach sein müsse. Später kam noch die neue Kollegin aus der Auslandsabteilung herein, und ich stellte fest, dass wir uns bereits kannten. Sie hat eine Hüftprothese *und* ist die geschiedene Frau eines Ex-Kollegen und erzählte mir, dass dessen neue Freundin die ehemalige Stiefmutter einer Klassenkameradin des Sohnes der Geschiedenen sei. »Ehemalige Stiefmutter« deshalb, weil sie den Vater der Stieftochter wegen des Ex-Mannes der Geschiedenen verlassen hatte, wobei übrigens der besagte Vater sich wiederum ihretwegen vorher hatte von seiner ersten Frau scheiden lassen. So schließen sich die Kreise. War die Herüberbringung klar oder brauchen Sie 'ne Zeichnung?

Buchmesse

Auf der letzten oder vorletzten Frankfurter Buchmesse war es eigentlich wie immer, aber darüber will ich jetzt gar nicht meckern, weil ich es manchmal doch gern habe, wenn es furchtbar laut ist und überall schlechte Luft und man ganz herzlich von flüchtigen Bekannten umarmt wird, die einen dann ganz schnell loslassen, weil wer Wichtigeres vorbeikommt.

Meistens saß ich am Stand, der die Bücher von Arno Schmidt ausgelegt hatte. Dort gab es den besten Wein. Einmal kam ein Mann in schmutzigen Sandalen vorbei:

»Ey, geil, Arno Schmidt!« rief er. Dann blätterte er in den Büchern herum und sagte entschuldigend zu mir: »Arno Schmidt ist ja jetzt ’n bißchen kultig, aber trotzdem okay.« Ich erwiderte, dass ich es Herrn Schmidt nachher ausrichten würde.

An einem anderen Stand war auch viel los mit Fernsehen und allem, und da ich nicht sehen konnte, um wen es ging, fragte ich einen der Journalisten, der am Rande stand. Es ging um Veronica Ferres. Da kam ich gleich auf die Idee, dass die wohl ein Buch geschrieben haben muss. Hat sie aber nicht, sagte er. Vielleicht hat sie eins gelesen – ?

Ich selbst wurde auch einmal das Objekt von Verehrung, jawohl! Ein netter junger Mann fragte mich, ob ich Fanny Müller sei, was ich bejahte, und sagte anschließend wörtlich: »Ich habe an Ihnen schon sehr viel Vergnügen gehabt!« Gerade wollte ich es abstreiten, weil es nämlich überhaupt nicht sein kann, ich habe sogar schon mehrere schriftliche Aussagen darüber; aber dann fiel mir erstens ein, dass auf mein Kurzzeitgedächtnis überhaupt kein Verlass mehr ist und zweitens, dass ich *doch* ein Tagebuch schreiben sollte, dann könnte ich da wenigstens nachgucken. Er setzte aber gleich hinzu: »Ich meine – an Ihren Büchern.« – Wusst’ ich’s doch!

Geheimnummern

Geheimnummern sind ja an sich nichts Neues. In meinem Elternhaus auf dem Dorfe gab es einen Raum, Büro genannt, in dem ein sehr alter Geldschrank stand, weil mein Großvater und meine Mutter sich ein Zubrot als so genannte Leiter einer so genannten Nebenzweigstelle der Sparkasse verdienten. Das bedeutete, dass die Bauern ab morgens um sieben und noch lange nach 20 Uhr klingelten und »einen Scheck auslösen« oder »für 50 Mark Geld« haben wollten. Der Geldschrank hatte ein Kombinationsschloss, das immer wieder häusliche Debatten auslöste, weil Großvater Spaß daran hatte, neue Zahlen einzugeben, sie aber gleich wieder vergaß. Obwohl sich die ganze Familie am Raten beteiligte, kriegten wir die richtigen Nummern selten zu fassen. Schließlich ging meine Mutter dazu über, das Geld in einem Schuhkarton unter ihrem Bett aufzubewahren, auf den sie »alte Strümpfe« geschrieben hatte, um so potentielle Einbrecher zu überlisten.

Jahre später eroberten Kombinationsschlösser dann auch kleinere Geräte, die »Diplomatenkoffer« genannt wurden und bei Schülern sehr beliebt waren als Ersatz für ihre Schultaschen. Diesen jungen Menschen ging es nicht anders als meinem Großvater und so mussten sie häufig auf ihre Pausenbrote und Revolverblätter verzichten, die überwiegend den einzigen und schwer geschützten Inhalt dieser Koffer bildeten.

Dann kam die Zeit, als Geheimnummern, die aber Personal Identity Number heißen, und Passwörter die abendländische Welt eroberten. Du lieber Himmel! Ich kann ja noch nicht einmal meine eigene Telefonnummer behalten! In der Bank wurde mir eingeschärft, dass ich meine PI-Nummer auf keinen Fall irgendwo aufschreiben dürfe, was ich aber glücklicherweise doch getan habe, denn die Methode, wie ich sie für alle Zeiten auswendig lernen kann, war doch nicht so idiotensicher, wie ich es mir vorgestellt hatte. Von den vier Ziffern hatte ich mir die ersten beiden gemerkt, weil sie meinem gefühlten Alter abzüglich sieben entsprachen. Sieben ist meine Glückszahl. Oder war es die fünf? – Eine Woche später konnte ich mich nicht mehr daran erinnern. Ich wusste nur noch, dass die dritte Ziffer auf jeden Fall sechs war. Oder acht. Die vierte entsprach der Anzahl meiner Liebhaber (Entschuldigung). Oder war das die dritte und vierte zusammengezählt? Eine Liste aufzustellen, half auch nicht weiter. Man kann sich ja nicht *jeden* merken. Nachdem ich mich am Bankautomaten an drei falsche Geheimzahlen erinnert hatte und schon ein Polizeiwagen um die Ecke kam, sauste ich schnell ins Büro, wo die Nummer in meinem PC gespeichert ist. Die Kollegen hatten schon nachgefragt – wir sind vernetzt – was denn die Datei mit dem Titel »Gehnrfm« beinhalte. Reingucken konnten sie nicht, weil sie mein Passwort nicht wussten. Da ging es ihnen wie mir. Hatte ich nicht den Namen des Hundes von Dings, meiner Schulfreundin, wie hieß sie noch mal, gewählt, und wie hieß um Gottes willen dieser blöde Hund? Also, den könnte ich genau beschreiben, der stank doch wie die Pest, und schielen tat er auch noch...

Auf jeden Fall, das können Sie sich ja denken, bin ich heute eine Verfechterin der Fingerabdruckerkennung geworden. Noch besser: Handabdruck. Da gibt es nur eine Möglichkeit sich zu vertun, nicht neun.

Infostand

Wenn man einen Infostand in der Innenstadt machen muss, dann kommt garantiert jede Knalltüte, die in der Stadt oder in den Außenbezirken wohnt, an genau diesem Tag vorbei gelatscht und sabbelt einem das Ohr ab. Selbst Frau Holtenbrink, meine frühere Nachbarin, blieb wie angenagelt bei mir stehen – »Wie sehn *SIE* denn aus – oder war'n Sie beim Frisör?« – und versah mich mit Kommentaren zu Gott und der Welt und zum Tode Lady Di's, obwohl der ja schon Jahre zurück liegt, aber sie hat eine wirklich sehr alte Mappenzeitung: »Schade isses ja, aber so nobel gibt nich jeder 'n Löffel ab. Mercedes 600!« Der Sohn von Frau Holtenbrink hatte besagten Löffel bereits vor mehreren Jahren abgegeben, als er mit dem alten und dazu noch von einem Kumpel »ausgeliehenen«, was ein Euphemismus für »geklaut« ist, also mit einem alten Opel Ascona »verkehrtrum« (Originalton Frau H.) in den Elbtunnel hinein gefahren war. Die Versicherung hatte nichts gezahlt, weil Dieters Führerschein *verschütt* gegangen – also auf irgendeiner Polizeiwache schon vorher in Gewahrsam genommen worden war. Jetzt hat Frau Holtenbrink die Kinder, weil ihre Schwiegertochter ebenfalls verschütt gegangen ist und zwar mit einem Anwaltsgehilfen, »an dem ja patuh nix dran ist«, wie Frau Holtenbrink damals mehrfach betonte. Nun ja, das kann man nie genau wissen. Man steckt ja nicht drin.

Als ich sie endlich abgewimmelt hatte, kam gleich die nächste. Die war auch nicht mehr jung und ziemlich blond und aufgeregt: Sie war mit Elisabeth zur Schule gegangen, und als sie das Abitur machten, ging Elisabeth ja schon mit Jürgen. Jürgen und sein bester Freund Horst holten sie immer zum Tanzen ab, und dann hat sie Jürgen geheiratet. »Und ist immer noch mit dem verheiratet! Alleine, wie der aussieht!« Das konnte ich bestätigen, ich kenne Jürgen nämlich. Und Horst leider auch. »Und wie Horst aufgestiegen ist, da hat er Jürgen nicht mitgenommen, jetzt hat der immer Schaum vorm Mund.« Horst ist ein bekannter Politiker, deshalb habe ich die Namen geändert, sonst kriege ich womöglich noch eine Klage an den Hals. Die kriegte ich sowieso beinahe, weil noch ein Polizist kam und meine Standgenehmigung sehen wollte. Die hatte ich sogar dabei, aber er hielt sie seitenverkehrt und behauptete erst mal, dass ich von rechts wegen auf der anderen Straßenseite stehen müsste. Danach schauten dann noch die üblichen Männer vorbei, die es auch an den Augen hatten: »Na, so allein, junge Frau?«

Beim Abbauen des Standes hätte ich alle diese Leute gut gebrauchen können.

Inschriften

»BSB are the best, forget SYNC and the other shit rest«, las ich auf der Rückenlehne einer Bank, als ich im Bahnhof Trier auf den Zug wartete. Hätte ich diese Aussage in Hamburg vorgefunden, wäre ich noch verwunderter gewesen, denn BSB ist hier eine Ankürzung der Behörde für Schule und Berufsbildung. Die Aufklärung folgte jedoch auf dem Fuße beziehungsweise gleich darunter: »I love Nicholas Carter from the Backstreet Boys more than words can ever say by Yvonne«, hieß es da in nur geringfügig besserem Englisch. By? From? Na ja. Unterhalb dieses Geständnisses fand ich eine weitere Behauptung: »Nicholas Alexander Brian Kevin Howard that are the sweetest guys from the whole wide world.« Schon wieder from, da kann man nichts machen. Eine Anke wiederum, las ich weiter, liebte einen David Peters, was mir realistischer erschien, allerdings weiß ich nicht, ob sich dieser guy nicht eventuell Däiwihd Pieters ausspricht. Warum diese jungen Leute solche Dinge wohl in Englisch mitteilen? Wenn die BSB jemals in Trier aufkreuzen sollten, dann werden die sich wohl kaum auf dem Bahnhof aufhalten. Oder ist es wegen der Rechtschreibung? Die ist in der deutschen Sprache ja schwieriger – heißt es die besten oder die Besten? Die Anderen oder die anderen? Auch die Befehlsformen mancher Verben geraten in Vergessenheit. »Vergess das mal« und »mess das mal nach« – wem fällt schon noch auf, dass da irgendwas nicht in Ordnung ist? In Hamburg bestimmt niemandem. Da hatte ich mal eine Zimmerwirtin, die nicht anstand, alle Verben so einfach wie möglich zu beugen: »Gestern gehte ich einkaufen.« Die hat übrigens in meiner Abwesenheit immer meine Kontoauszüge kontrolliert, was mich dazu veranlasste, meinen Freunden ein paar Mark und gewisse Instruktionen zu geben. Peter überwies mir dann zehn Mark und hatte dazugeschrieben »Danke für die wunderbare Nacht«. Das musste ihr zu denken gegeben haben. Einige Tage später gab sie mir zu verstehen, dass sie früher auch... aber das sei ihr so auffe Beine gegangen, das ewige Rumstehen. Sie hatte ein schlichtes Gemüt. In der Bank haben sie mich allerdings ziemlich komisch angeguckt. Auch bei der Überweisung einer Freundin: »17. Erpressungsrate. Jetzt muss aber bald mal Schluss sein.« Es handelte sich um sechs Mark fünfundneunzig. Ich sagte den Bankangestellten, was ich in solchen Fällen immer sage: »Hony soit qui mal y pense«. Das verstanden sie nicht. Besser wäre wohl gewesen: »A clown who thinks evil from that.«

Kein schöner Land

Auf die schönen Sommernachmittage in Hamburg ist Verlass. Der Bunker zwei Häuser weiter hat die Anlagen in die Fenster gestellt und gibt eine Retrospektive von Joe Cocker, immerhin. Letzte Woche war es »Fick, fick, fick mich ins Hirn«, was mich zunächst veranlasst hatte zu vermuten, dass ich es irgendwie an den Ohren habe bzw. mit meiner Psyche was nicht in Ordnung ist. Der Bademeister in der Nachbarwohnung hatte aber dasselbe gehört, und der hat gar keine Psyche.

Das Altersheim nebenan hängt mal wieder in den Stühlen und Rollstühlen draußen im Garten und wird beschäftigungstherapiert: »Heute wollen wir alle Käsesorten sagen, die wir kennen.« Erwartungsgemäß werden Edamer, Harzer, Schweizer benannt. »Und Romadour« wirft einer der Alten ein. »Toll, Herr Fischer. Weiß noch jemand einen Käse?« Es folgt Tilsiter. Dann ist Stille. Die Leute sind einfach nicht mit Gorgonzola und Parmesan aufgewachsen. »Und Romadour«, mischt sich Herr Fischer erneut ein. »Ja, Herr Fischer, Romadour hatten wir schon.« »Romadour!« Herr Fischer ist nun lauter geworden. Die Therapeutin wechselt zu den Obstsorten.

Jetzt ertönen aus Richtung Bunker Schüsse. Hunde bellen wie wahnsinnig. Man hört Schreie. Das ist an sich nichts Neues, aber ich verlasse doch den Küchenbalkon und begebe mich nach vorne ans Salonfenster, um zu sehen, was da los ist. Kaum zwei Minuten später ist schon die Polizei da, übrigens zeitgleich mit dem Fernsehen; etwas später läuft die Feuerwehr ein, und ein Rettungshubschrauber landet auf der Stresemannstraße. Ich eile nach oben. Von Markus' Balkon im dritten Stock kann man alles viel besser sehen. Der Schütze wird gerade abgeführt. Zwei Männer hat er angeschossen, der dritte ist tot. Eine Frau läuft hinter ihm her: »Das hassu gut gemacht, Alder.« Vom Balkon gegenüber ist zu erfahren, dass das »seine Schlampe« gewesen sei. Die Nachbarschaft ohne Balkon wuselt außerhalb der abgesperrten Zone auf der Straße herum und spricht ihre unmaßgebliche Meinung in die Fernsehkameras hinein. Man habe den Verbrecher immer als sehr nett und hilfsbereit erlebt, »aber wenn er mal was trinkt, kommt bei ihm was raus.« Später am Tag wird festgestellt werden, dass wegen der Pistole schon eine Anzeige vorgelegen hat, und das Fernsehen recherchiert bei der Polizei. Die Polizei gibt zu, dass sie von der Waffe gewusst habe, erklärt aber, dass ihre »Bewertung« dahin gegangen sei, dass eine Straftat »nicht unmittelbar bevorgestanden habe«. Oder jedenfalls nicht sofort. So spricht der Hanseat, wenn er offiziell wird. Wie damals Uwe Seeler, als er im NDR wegen der Korruptionsgeschichte im HSV interviewt wurde: »Ich habe Geld weder beh-kom-mehn noch ... geh-kricht.«

Ich gehe doch lieber wieder runter auf meinen Küchenbalkon. Die Sitzung hinterm Altersheim ist scheints ohne Unterbrechung weiter gegangen, schließlich hat man ja ein oder zwei Weltkriege hinter sich gebracht. Und ist jetzt bei den Wurstsorten angelangt. Mettwurst, Leberwurst, Blutwurst, Salami. »Zervelat!« brüllt Herr Fischer. »Ja, Herr Fischer«, sagt die Therapeutin beherrscht, »das sagten Sie schon. Dreimal.« »Zervelat, Zervelat!« Seine Stimme kippt um. Die Therapeutin macht jetzt den Vorschlag, dass man doch ein Lied singen könne. Man singt Kein Schöner Land In Dieser Zeit.

Verbrecheralbum

Zum Fischmarkt gehe ich ganz selten und nur, wenn ich Besuch habe, wie am letzten Wochenende von Steffi aus Dithmarschen. Auf dem Fischmarkt ist immer ein furchtbares Gedränge, und überall flitzen Kleinejungsbanden herum, die einem das Portmonee klauen. Genau das passierte natürlich. Und nicht etwa Steffi, die, wie ich vermute, ihr Geld im Schlüpfer versteckt hatte, sondern mir. Perso, 80 Mark, Kreditkarten. Super! – Auf zur Davidwache.

Man glaubt es ja nicht, was da am frühen Morgen schon los ist. Vor uns ein schwer Angeheiterter, der berichtet, dass Kuddel aus der Paul-Roosen-Straße die letzten fünf Tage nicht mehr bei »Mama Uschi« gesehen worden sei. Sein Fahrrad habe aber die ganze Zeit vor diesem Etablissement gestanden und beim Türken habe er auch keine Zigaretten mehr gekauft... bei Uschi hatte man vermutet, dass er im Lotto gewonnen hätte. Bis Rosi, die Hausmeisterin, der Gestank stutzig gemacht habe. Sie hätten dann alle zusammen die Tür aufgebrochen und ihn auf dem Sofa sitzen sehen, schon ziemlich aufgebläht, weil »er die Heizung volle Kapelle zu laufen hatte«, und danach sei bei Uschi erstmal 'ne Runde Korn dran gewesen.

Wir sind immer noch nicht dran, denn jetzt zückt ein älterer Herr sein Notizbuch; er möchte eine Anzeige erstatten. Und zwar wäre ein weißer Mercedes, Kennzeichen soundso, vorhin bei gelb noch über die Ampel Reeperbahn Ecke Talstraße gefahren und ob er jetzt mal das Verbrecheralbum einsehen könne.

»Sie haben hier ja wohl immer viel Spaß« sage ich zum Diensttuenden, als ich endlich drankomme. – »Geht so«.

Ich erzähle meine Geschichte und werde gefragt, ob ich die Jungs wieder erkennen würde. Steffi und ich sagen gleichzeitig Ja und Nein. Sie tritt mir auf den Fuß. Alles klar, wann hat man in Dithmarschen schon mal Gelegenheit, ins Verbrecheralbum zu gucken? – Morgen soll ich wieder anrufen. Das tue ich auch, und siehe da, das Portmonee ist gefunden worden. Außer dem Zaster sei alles drin. Und dafür hat man nun die Bank mit Sperrung und so derartig verrückt gemacht, dass mich schon drei Filialen angerufen haben, ob ich wirklich *alles* sperren wolle. Die kriegen wahrscheinlich für jede Sperrung zehn Euro, was sie auf Nachfrage aber abstreiten.

Also wieder zur Davidwache. Das Portmonee ist nicht mehr da. Es ist »mit der Stafette« zur Wache Lerchenstraße transportiert worden. Mit der Stafette?? Alle hundert Meter ein Bulle, der sich schon warmläuft, um seinem Vorläufer meine Börse zu entreißen? Und was kriegt der Gewinner? Darf der mein Portmonee behalten? – Eine Erklärung bleibt aus, dafür wird aber in der Lerchenstraße angerufen, ob »die Stafette zum Nachteil Frau Müller« schon angekommen sei. Ist sie. Ich erkläre, dass ich gleich vorbei kommen werde. Das darf ich aber nicht, weil gerade ein Verhör stattfindet. »Das macht nichts«, sage ich großzügig, »ich hör einfach nicht hin.« Darf ich auch nicht. Ich soll Dienstag kommen und was mitbringen, um mich auszuweisen. Sehr komisch! Alle Ausweise sind schließlich im Portmonee. Am besten nehme ich mein Poesiealbum mit. Oder mein Tagebuch? Den Gedanken, dass man mich nach dem Perso-Foto erkennen könnte, habe ich gleich verworfen. Das stammt nämlich auch direkt aus dem Verbrecheralbum.

Einbruch

Am Montagabend kamen sie. Um viertel nach sieben. Die Einbrecher.

In der Küche mache ich schon relativ früh das Licht aus und halte mich vorne im Wohnzimmer oder im Schlafzimmer auf.

Heute war ich früh zu Bett gegangen und las noch irgendwas Einschläferndes. Plötzlich komische Geräusche! Ich raus aus dem Bett, Licht gelöscht und durch die Jalousie gelinst. Meistens stehen dann Jugendliche neben dem Altersheim unter meinem Fenster und machen sich einen Druck. Nicht so heute! Zwei Kerle schwingen sich gerade über den Zaun in unseren Garten.

Ich rase im Nachthemd zum Nachbarn oben: »Zwei Männer. Im Garten. Guck mal vom Balkon runter!« Ich rase wieder zurück, öffne die Wohnungstür und siehe da: Einer der Verbrecher kniet bereits auf meinem Balkon und ist dabei, die Balkontür aufzuhebeln. Wie wahnsinnig sause ich auf ihn zu (immer noch im Nachthemd) und kreische: »Raus hier!« Das muss ihm den Schock seines Lebens versetzt haben. Darüber mache ich mir aber jetzt weniger Gedanken.

Die Polizei war erstmal nicht besonders hilfreich. Die dachten wohl, ich wolle mich irgendwie interessant machen, aber als ich ihnen sagte, der Nachbar hätte die kriminellen Elemente auch gesehen, wurden sie etwas freundlicher. Die junge Polizistin sagte, sie lebe auch im ersten Stock und hätte rund um den Balkon Stacheldraht gelegt. Du liebe Zeit! Ich möchte doch nicht im Archipel Gulag wohnen!

Aber irgendwas muss ich ja wohl machen. Siedendes Öl? – Die Vorschläge meiner Bekannten reichten von »Nägel streuen, die durch Turnschuhe gehen« über

»Kampfhund anschaffen« bis hin zu einer Kalaschnikoff. Wenn ich allerdings mal auf den Balkon gehe und nicht dran denke, habe ich das Zeugs selber in meinen Turnschuhen; einen Kampfhund muss man Gassiführen und wird dann womöglich noch gelyncht, und dass ich holterdipolter einen Waffenschein kriege, glaube ich auch nicht. Das ist das Gute an Amerika: Wenn man sie in die Wohnung lässt, kann man sie wenigstens gleich erschießen.

Als erstes habe ich den Balkon mit alten Blumentöpfen voll gestellt. Da können die Desparados sich schon mal die Füße brechen. Als nächstes habe ich mir eine Glocke aus dem Indien-Laden in der Susannenstraße gekauft. Von dem Geläute wird man ja selber taub. Dann war eine Teleskopstange angesagt. Darüber könnte ich noch mal extra was schreiben. Auf jeden Fall ist sie jetzt endlich angebracht (Danke, Eddie!) und der Bewegungsmelder sowie die Zeitschaltuhren sind ebenfalls im Einsatz. Eine Kollegin hat mir noch eine Art Ei, das furchtbaren Krach macht, versprochen, das hole ich heute Abend ab.

Im Grunde allerdings kommen Verbrecher bei mir nicht so richtig auf ihre Kosten: Meine Anlage ist über zehn Jahre alt und noch mit einem Plattenspieler(!) versehen, Fernseh habe ich weg geschmissen, den Computer habe ich vor vier Jahren erworben, der war also praktisch schon am Nachmittag des Tages, als ich ihn kaufte, hoffnungslos veraltet. Das einzige, was sich überhaupt noch lohnt, ist mein note-book. Das kann ich bei der Hausratversicherung aber auf gar keinen Fall angeben, weil es, naja Gott, wie das im Leben manchmal so zugeht, in Amsterdam versehentlich von einem Laster gefallen ist...

Fangschaltung

Seit Wochen wird Andrea, die Mama von Lukas, die unter mir wohnt, von anonymen Anrufen tyrannisiert. Tenor: Sie sei eine Schlampe, das Kind bedauernswert und immer Männer zu Besuch... Ihre Oma hat übrigens Weihnachten auch schon in dieser Richtung was anklingen lassen. Unverheiratet, uneheliches Kind, ob sie wohl überhaupt noch einen abkriegen würde... Das hatte Andrea allerdings nicht gestört; Oma hatte schon immer einen an der Klatsche und zwar nicht zu knapp.

Die Stimme, die nur auf den Anrufbeantworter sprach, wenn Andrea weg war – also das Kind in den Kindergarten brachte und dann selbst zur beruflichen Fortbildung weiter radelte –, diese Stimme schien die eines älteren Mannes zu sein – ich habe das Band gehört und tippte eher auf 70 als auf 60 Jahre.

Andrea war in Panik, weil es bekannt ist, dass Kinderschänder sich gerne darauf beziehen, sich um »vernachlässigte« Kinder kümmern zu müssen. Da man nie wissen kann, ob es ihnen nicht irgendwann zu langweilig wird mit der Telefoniererei und sie sich was anderes einfallen lassen, ging Andrea zur Kripo.

Eine Beamtin kam mehrmals, um die Tonbänder abzuholen; die wurde auch ganz bleich, als sie die Tiraden hörte. Die übrigens nie länger als 30 Sekunden dauerten – offenbar einer, der Derrick geguckt hat und glaubte, dass man den Anruf erst nach einer gewissen Zeit zurück verfolgen könne. Was übrigens nicht stimmt, denn man kann mit einer Fangschaltung den Anruf auch noch nach dem Auflegen ermitteln. Die Kripo hat dann eine Fangschaltung legen lassen, die muss Andrea natürlich! selbst bezahlen, denn es ist ja noch nichts passiert...

Da sie davon ausging, dass es sich um jemanden von gegenüber handeln musste, weil ja immer nur in ihrer

Abwesenheit angerufen wurde, und wer sollte das sonst schon so genau wissen, wurde ein entsprechendes Szenario entwickelt. Heute sollte die Fangschaltung zum ersten Mal laufen, also lud Andrea gestern Abend drei frühere Freunde zu einer Orgie ein. Die saßen dann auf dem Sofa und sahen Fußball. Ihr aktueller Freund kam noch dazu und blieb extra über Nacht. Also ein richtiges Schlampen-Arrangement.

Heute morgen haute sie dann mit Kind und Freund ab wie gewohnt, schlich sich aber mit Hilfe von Nachbarn aus dem Hinterhaus in ihren Garten – die Wohnungstür zum Garten hatte sie aufgelassen –, denn der Anrufer sollte ja glauben, es sei niemand da. Die Sache ist die, dass eine Fangschaltung nicht mit Anrufbeantworter funktioniert. Man muss also den Hörer abheben, wenn jemand anruft und dann eine bestimmte Zahl wählen.

Um den Verbrecher ja nicht zu verpassen, bin ich früh um acht im Bademantel durch die Wohnung von Martina, die auch Parterre wohnt, und dann durch die Gärten und in Andreas Wohnung gelatscht und habe Wache geschoben, bis Andrea zurück war. Der Anruf kam, als sie meinen Platz wieder eingenommen hatte. Sie hört ein kurzes Ächzen, dann wird aufgelegt. Andrea drückt auf die Zahl.

Anschließend hörte ich sie am Telefon brüllen. Die Telekom hatte ihr die Nummer durchgegeben. Eine Nummer aus Lübeck. Die Nummer von Oma.

Ich habe mir gleich das Copyright gesichert.

PS: Jetzt hat die Kripo bei Oma angerufen, und Oma will Tabletten nehmen. »Soll sie doch«, sagt Andrea. – Wird sie aber nicht, weil sie damit nun wirklich keinen ärgern kann.

Gasfete

Paulina hat zu einer Einzugsparty geladen. Das ist ungefähr ein Jahr nach ihrem Umzug auch wirklich angebracht. Ich komme etwas eher, weil ich ihr beim Zubereiten der Speisen helfen soll, und drehe die Anlage etwas leiser. Bis auf die Küche sieht es ziemlich chaotisch aus. Paulina kocht vor Wut: »Als ich heute morgen eingekauft habe, war meine Mutter da. Lies mal den Zettel!« Ich lese: »Ich habe dir mal eben die Küche gemacht.« Paulina tobt: »Mal eben! Mal eben! Was denkt die sich eigentlich? Dass ich drei Tage brauche, um die Küche zu putzen?« Nach meinem Dafürhalten braucht sie einen Monat, und dann ist das Geschirr schon wieder verschimmelt. Aber ich sage lieber nichts. Man soll anderen Hausfrauen ja nicht reinreden. Außerdem fand die Mutter, dass es irgendwie nach Gas riecht, und hat das Gaswerk angerufen, da käme dann später jemand. »Das fehlte noch, dass der mir in die Party reinplatzt!«

Ich suche auf dem Balkon nach den Zucchini. »Die sind neben dem Bücherkarton!« Bücherkarton? Wie lange hat sie den denn schon... Aber ich werde abgelenkt – weiter oben wird gerade die Straße abgesperrt, Polizei rennt herum, Leute gehen mit Sack und Pack aus ihrer Wohnung. »Komm mal raus, Paulina!« Wir hängen beide über dem Balkongeländer und beobachten die Szenerie. »Fehlt nur noch das Fernsehen«, sagt Paulina, angenehm erregt. Und siehe da, da kommen die Jungs schon, Kameras auf der Schulter und eine Tussi dabei. Während wir gerade deren Outfit kommentieren – Rock *und* ausgestellte Hose, was Schlimmeres gibt es ja wohl nicht und dann die Farben! (Paulina: »Wer's tragen kann...«) –, donnert es an die Wohnungstür. »Bestimmt die Nachbarn, die können kein Heavy Metal ab!«

Ich öffne die Tür, und die ganze Pracht von mindestens zwanzig Feuerwehrleuten in voller Montur, orange-weißer Helm, Gasmaske und alles, bricht über mich herein. »Der Mann vom Gaswerk ist da«, verkünde ich etwas schwach in den Knien. Alle drängeln sich in die Küche. Wo denn der Hauptgashahn sei, wird gefragt. Paulina weiß es nicht, und alle Mann hoch stürmen hinunter in den Keller. Zwei Polizisten in vergleichsweise bescheidener Uniform bleiben da und nehmen ein Protokoll auf. Die Feuerwehr kommt zurück. »Da gibt es kein Vertun«, sagt der Oberboss, ein Gasschaden sei vorhanden, und sie hätten erst mal alles gesperrt. »Super«, sagt Paulina, »und womit sollen wir jetzt kochen?« Sie sieht sich träumerisch in der Küche um: »Hör ma zu, ins Wohnzimmer gehen nur zehn Leute rein, wegen der Kartons, aber in die Küche passen zwanzig, hätt ich ja nie gedacht!«

In der nächsten Stunde ruft sie alle Gäste an, sie sollen »irgendwas« mitbringen. Da aber alle schon »irgendwas zu trinken« gekauft und die Läden sowieso geschlossen haben, gibt es nur Salzstangen, Würmer und altbackenes Brot vom Türken. Sebi bringt seine Kusine mit, die sich als die Tussi vom Fernsehen herausstellt. In den Abendnachrichten sieht man Paulina und mich auf dem Balkon, wie wir feixen. Spätabends donnert es wieder an die Wohnungstür. Dieses Mal sind es aber die Nachbarn, die mit der Polizei drohen. »Keine Chance, dass die Bullen noch mal kommen«, sagt Paulina großartig und macht die Tür wieder zu.

Letzten Endes kehrten wir dann alle bei McDonald's ein.

Fix bedankt und nix wie weg

Als ich im letzten Sommer bei der ältesten Nichte einhüte, weil sie weggefahren ist, klingelt es. Morgens um 7 Uhr. Kann ja nur ein Handwerker sein. Ich öffne die Tür im Bademantel, Handtuch um den Kopf gewickelt, weil ich mir die Haare gewaschen hatte, und den Mund voller Zahnpasta. Und tatsächlich : ein »Mitarbeiter« der Stadtwerke von K., ein schon älterer junger Mann, dessen Unterlippe einem mitteilt, dass wir alle für sein Leid – was auch immer das ist – verantwortlich seien. Er komme wegen der Stromrechnung. Ach ja – die Nichte erwartete seinen Besuch schon, denn sie hatte eine Stromrechnung bekommen, laut derer sie 1340 Euro nachzahlen sollte. Ein stolzer Preis für eine 45qm-Wohnung, in der sich weder ein Trockner, eine Mikrowelle, ein Geschirrspüler noch ein Massagestab befinden. Als sie wegen der Rechnung bei den Stadtwerken anrief, wurde sie gefragt: »Und wieviel Lampen haben Sie?« Sie war nicht übel versucht zu sagen, dass sie kürzlich ein Lampengeschäft in der Wohnung aufgemacht hätte, nahm aber davon Abstand, weil sie den Humorpegel in den Stadtwerken nicht unnötig strapazieren wollte.

Der junge Mann fragt jetzt nach dem Gaszähler. Ich sage, dass es sich um die Stromrechnung handle. Er: »Ja.« Und fragt wieder nach dem Gaszähler. Da wir so nicht weiterkommen, zeige ich ihm den Gaszähler. »Naja, wenn Ihre Heizung aber mit Gas läuft, das ist ja teurer geworden...«

Ich, immer noch mit Schaum vorm Mund, zeige ihm auf der Rechnung, die er die ganze Zeit in der Hand hält, die betreffenden Zeilen: »Stromverbrauch 9.034 Kw«, daneben ein handschriftlicher Kommentar: »Ist ein bisschen viel, oder? Wir sollten das besser nochmal überprüfen«. Er starrt auf das Papier, als versuche er gerade, alte Francs in Euro umzurechnen – obwohl man das gar nicht mehr braucht –, während ihm in Monte Carlo soeben die Brieftasche geklaut wird, und sagt: »Wo ist denn hier der Stromzähler?« Endlich! Der Groschen ist gefallen! Oder heißt das jetzt Cent?

Der Stromzähler ist im Keller, wohin ich ihn aber wohlweislich nicht begleite, weil da die Mücken herumsausen wie blöd und einen Krach machen wie eine Carrerabahn. Der Mann kommt gleich wieder zurück, kratzt sich an zwei oder drei Mückenstichen auf seiner Wange und am... also nicht wählerisch, was die Stellen angeht, so was kann einem vor dem Frühstück ganz schön auf den Sack gehen, und sagt: »Für den Raum brauche ich einen Schlüssel.« Ich weise ihn darauf hin, dass an dem betreffenden Raum ein Zettel hängt »Schlüssel bei den Stadtwerken«. Hat er aber nicht gesehen und fragt dann unglücklich, was er nun machen solle. Ich, immer noch Schaum vorm Mund, schlage ihm vor, dass er den Schlüssel jetzt wohl holen müsse. Er denkt eine ganze Zeitlang nach und sagt tief aufseufzend: »Ja. Dann müssen wir den wohl holen.« Wir! Ich verkneife mir gerade noch zu sagen: »Brauchen Sie dafür'n bodyguard?« »Aber heute schaffe ich das nicht«, sagt er aufatmend, tippt an seine Mütze und trollt sich die Treppe runter. Wie der Zimmermann sagt: Fix bedankt und nix wie weg.

Den werd ich mir auch noch konfirmieren!

Jedenfalls konnte ich mir jetzt die Zähne fertig putzen.

Glubschauge, Kretin und Fettsack

Die Handwerker sind wieder da! – Andrea unter mir ist vor kurzem ausgezogen, weil sich alle Tapeten von den Wänden lösten und ein von ihr verlegtes Parkett einige unschöne Wellen aufwies, so dass sie andauernd auf die Fresse fiel. Nun sind sie also gekommen. An einem Sonnabend. Um sieben Uhr, was sonst?

Als meine Ex-Untermieterin, die gerade mal wieder bei mir wohnt, und ich aus den Betten katapultiert wurden – Schlagbohrer –, konnten wir uns anschließend nur schreiend unterhalten. Sie floh dann zu einer Freundin, und ich ging in den Park. Das war allerdings nicht viel besser, denn dort waren einige junge Leute zugange, die auf dem Rücken ein Gerät mit sich führten und in der Hand eine Art Phallus, mit dem sie das Laub aufsaugten. So was können sich auch bloß Männer ausdenken. Hauptsache, es macht Krach und sieht wie'n Pimmel aus. Ich ging also wieder nach Hause, rief meinen Rechtsanwalt an, ich habe eine Rechtsschutzversicherung für alles und jedes, und schickte dem Hauswirt ein Fax, das endete mit: »... und werde ich mir vorbehalten, die Miete zu mindern.« Das ist etwas, was er überhaupt nicht abkann.

Daraufhin war einige Tage Ruhe, aber dann ging es wieder los. Ich ging nach unten und traf dort auf drei Maurer, die gerade Mittagspause machten. Glubschauge, Kretin und Fettsack. Die konnten mir erstens nicht sagen, was aus der Wohnung wird – früher soll sie schon mal ein Laden gewesen sein, womöglich wird sie wieder einer, hoffentlich kein Döner oder Puff –, und zweitens konnten sie mir nicht sagen, wann der Krach aufhört. D.h. ich hatte gefragt, wann die Geschichte denn beendet wäre. Glubschauge legte extra die *Bild*-Zeitung weg, während Kretin sich nur die Bilder anguckte und Fettsack irgendwo hinten schlief, um mir einen Vortrag zu halten, nämlich, dass ich die Frage falsch gestellt habe, und wenn ich gesagt hätte »Wann ist die Renovierung zu Ende?« oder »Wann hören Sie mit dem Bohren auf?«, dann hätte er mir antworten können. Vorträge von Männern habe ich ja schon genug in meinem Leben gehabt. Aber da ich's unbedingt wissen wollte, fragte ich noch einigermaßen höflich, wann der Krach denn zu Ende sei. »Wissen wir nicht!« sagte er triumphierend und griff wieder zur *Bild*-Zeitung. Ich überlegte kurz, ob ich einen der herumliegenden Bohrer Zweck entfremden und alle drei damit abstechen sollte, aber dann ließ ich es lieber bleiben. Meine Rechtsschutzversicherung kommt für solch einen Fall wohl doch nicht auf.

Heute morgen um Punkt sieben bearbeiteten sie dann die Wände mit Vorschlaghammern. Bis fünf nach sieben. Nach dem Motto: »Warum sollt Ihr schlafen, wenn wir wach sind?« Die einzige und masochistische Befriedigung von Handwerkern besteht ja nur noch darin, dass sie zwei Stunden vor allen anderen Leuten aufstehen. Ich schleppte mich in die Küche und schaltete besinnungslos das Radio ein: »... der Alsterradio-Superstar John Lennon wurde heute vor 20 Jahren...« Das gab mir dann den Rest. Vor 20 Jahren war das Alsterradio noch überhaupt nicht geboren!

Fällt mir ein: Wenn nach den Maurern die Elektriker, die Fliesenleger und die Maler kommen, werde ich das Alsterradio garantiert den ganzen Tag hören müssen.

Weiß irgend jemand eine Wohnung auf dem Lande?

Renovieren

Im letzten Monat waren die Handwerker da und haben die Küche und das Bad gestrichen. Das heißt, es war nur einer da, Wolfgang der Schwarzarbeiter, der aber alles sehr penibel und ordentlich gemacht hat. Gegen die weißen Wände sehen die Türen jetzt natürlich scheiße aus (gelb), und ich bin am Überlegen, ob ich die nicht auch noch streichen lassen soll. *Arbeit zieht Arbeit nach sich*, wie mein Großvater immer sagte. Wahrscheinlich tue ich es nicht, denn wenn ich die Türen klar habe, sieht die Auslegware scheiße aus, und ich muss neue kaufen und verlegen. Danach kommen dann die Lampen, und wenn alles optimal und klasse ist, dann wirkt Harry fehl am Platze, und ich muss mir einen neuen Mann besorgen. Das ist ja an sich keine schlechte Idee, aber letzten Endes kann es dann leicht zu dem Punkt kommen, dass *ich* scheiße aussehe und mir eine neue Wohnung suchen muss.

Bis gestern habe ich noch geputzt wie verrückt, weil alle Granini- und Marmeladengläser, in denen ich meine Lebensmittel aufbewahre und die oben auf dem Schrank und auf den Borden standen, völlig versifft waren. Danach habe ich dann tatsächlich noch höchstpersönlich das Gewürzbord gestrichen, weil es anders nicht mehr sauber zu kriegen war. Meine letzte handwerkliche Tätigkeit liegt schon einige Jahre zurück, deshalb hatte ich nicht bedacht, dass ich mir noch *vor* dem Wochenende hätte alte Zeitungen und eine Flasche Terpentinersatz besorgen müssen. Jetzt habe ich weiß gestrichene Hände und der Küchenfußboden ist weiß getüpfelt. Auf dem Balkon hatte ich das Bord nicht streichen können, weil da wieder wie im letzten Jahr Amseln im Blumenkasten zugange sind. Die haben mirnichts dirnichts meine blauen Blümelein beiseite gefegt und ihr dreckiges Nest reingepflanzt. Nun brüten sie schon. Hauptsächlich sitzt SIE auf dem Nest, aber wenn sie mal austreten muss, hockt ER sich auf den Nestrand und versucht, mir Angst zu machen, der Depp. Sowie die Jungen fertig und raus sind, wird der Kasten einbetoniert, das ist versprochen. Ich solle bloß aufpassen, dass ich nicht aus Versehen was Wichtiges mit einbetoniere, sagt Harry, z.B. meinen Kopf. Der soll mal ruhig lachen. Er weiß ja nicht, wie nahe *er* an einer Generalüberholung vorbei geschrammt ist.

Scheißgurte

Das gemeinsame samstägliche Wohnungen angucken wird mir fehlen. Ganz besonders das Herumfachsimpeln mit den Maklern. Die Nichte: »Wieso ist denn kein Stauraum vorhanden, zum Beispiel hier im Flur hinter der Eingangstür?« – »Tja, das Haus wurde in den Siebzigern als Puff gebaut, und da war das nicht so notwendig...« Die Nichte zieht um. Bei jungen Leuten ist das einfach, weil ihre Bekannten sich noch nicht mit chronischen Lendenwirbelsyndromen herausreden können. Die Sachen müssen vom 5. Stock herunter und dann vier Häuser weiter ins Parterre geschafft werden. Das ist soweit in Ordnung, aber beim Klavier streiken die guten Freunde und machen jetzt doch drohende Bandscheibenvorfälle geltend. Glücklicherweise kennt einer einen, dessen Schwager eine Firma... man ruft den Schwager an und alles wird gut. Er wird nachher kommen und für einen Kasten Bier und 20 Mark pro Nase werden seine Männer die Sache in Angriff nehmen.

Inzwischen unterhalte ich die anderen mit meinen einschlägigen Erfahrungen aus der Branche.

Ich war nämlich schon mal aushilfsweise in einer alternativen Umzugsfirma beschäftigt – Sie wissen schon, die mit angeschlossener Schreinerei, Holzkinderspielzeugwerkstatt und Vollversammlungen –, wo die Schreiner und Holzkinderspielzeughersteller täglich ein Mittagessen für die Gemeinschaft vorbereiteten, das meiner Erinnerung nach meistens aus Grünkernsuppe bestand. Die Möbelpacker sollten ihre Mittagspause eigentlich auch im Kollektiv verbringen, zogen es aber vor, von ihren Auftraggebern zu Zigeuner- bzw. Jägermeisterschnitzeln mit Pommes aus der Tiefkühltruhe, Champignons aus der Dose und Soße aus der Tüte eingeladen zu werden. Das kann man verstehen. Dem Laden war selbstverständlich auch eine Töpferei angeschlossen, von deren weitgehend unverkäuflichen Produkten ich heute noch welche aufbewahre, falls künftige Generationen an meinen Berichten zweifeln sollten.

Gegen 18 Uhr laufen die Packer ein. Es handelt sich um den Inhaber der Firma, einen ehemaligen Pädagogikstudenten, den eine Karriere im Schuldienst letztlich doch abgestoßen hat, und um zwei seiner Angestellten: flächendeckend tätowierte Riesensäuglinge. Der Chef ist deshalb mitgekommen, weil es gilt, neue Gurte auszuprobieren, die erst heute geliefert worden sind. Außerdem macht er den Eindruck eines liebenswürdigen Dompteurs, der seinen Raubtieren zwar großzügig Fleischhappen zuwirft, aber auch die Peitsche zu handhaben weiß. Die beiden Schnuckel packen an und grummeln Unverständliches vor sich hin. »Nein, Kalle«, hören wir die seidenweiche Stimme des Herrn und Meisters vom Nebenzimmer her, »das sind keine Scheißgurte. Das sind *sehr gute* Gurte!« Rumsrumsrums. Der Chef: »Jetzt wollen wir uns daran erinnern, dass wir hier einen sehr empfindlichen Holzfußboden haben.«

Ich meinerseits erinnere mich, dass das Umzugspersonal

a) eigentlich jeden Kunden hasst

b) aber insbesondere die Leute mit den bis zum Rand voll gepackten Bücherkisten und

c) die ganze Veranstaltung für ziemlich überflüssig hält, da alle Leute sowieso die gleiche Einrichtung haben.

Genau! Warum tauscht man nicht einfach nur die Leute aus? Die marschieren auf ihren eigenen Füßen in die neue Wohnung und damit hat sich das Theater.

Überstundenausgleich

Dienstag hatte ich frei genommen – Überstundenausgleich –, da wollte ich mal die Bügelwäsche in Angriff nehmen und dabei die Kassetten abhören, die ich von den letzten »Fragen Sie Dr. Marcus«-Sendungen aufgenommen habe. Außerdem sollen morgens die Beauftragten des Hauswirts kommen, um die Taubenfallen auf den Fenstersimsen anzubringen, weil die Tauben alles vollscheißen. Im letzten Sommer, als ein Fenster auf dem Dachboden kaputtgegangen war, hatten die wirklich alles zugekackt, sogar die Unterseiten der Stangen auf meinen alten Wäscheständer. Dabei müssen sie kopf gestanden haben. Am Montagabend klingelt Martina bei mir: »Ich muss morgen um neun zum Gericht, kannst Du vielleicht meinen Schlüssel...« Kein Problem. Das Telefon läutet: »Hier ist Gila, ich habe meinen Schlüssel in deinen Briefkasten getan, ich muss zu meiner Mutter...« Alles klar, Mütter und Gerichte gehen vor Handwerkern. Den Schlüssel von Antje habe ich sowieso, die ist gestern nach San Franzisco abgedüst. Jetzt wird es aber langsam ein bisschen viel. Die Handwerker wurden für halb zehn angekündigt, was außergewöhnlich ist, denn normal kommen die ja grinsend um sieben, das macht das Handwerkerleben so amüsant, jedenfalls für sie. Um halb acht am Dienstag klingelt es. Das ist ja wohl die Höhe. Ist es aber nicht, sondern der Bademeister mit zwei Reisetaschen unterm Arm und seinem Schlüssel in der Hand: »Könnten Sie wohl mal...« Er habe einen Flug für 159 Euro nach Malaga »in der *Morgenpost* gelesen« und gleich zugeschlagen. Ich kann schlecht ablehnen, schließlich leiht er mir andauernd seine Trittleiter und die Bohrmaschine und das Teppichmesser und all die anderen Sachen.

Um 12 kommen die Handwerker. Die kenne ich schon, die sind nämlich beim Hauswirt angestellt und machen alles. Die Elektrogeschichten, den Flur anstreichen, Fliesen legen... Der ältere ist der mit der erloschenen Zigarre im Mundwinkel und der jüngere ist Südländer, der nur Guten Tag und Marlboro sagen kann. Die Fliesenlegerei können sie aber beide gleich schlecht, das weiß ich ganz genau. Taubenfallen sind aber leichter. Um vier Uhr sind sie, penibel von mir überwacht und inklusive Kaffeepause mit »meinen« fünf Wohnungen durch und gehen rauf zu Mira, die alle Schlüssel vom Rest des Hauses bekommen hat. Um halb sechs klingelt Antje bei mir. »Was, du bist schon zurück aus Amerika?« Sie hat aber bloß ihre Eltern in Friedrichskoog besucht, was in der dortigen Mundart »Frisko« heißt. Sie hat in den Kirschbäumen die Dinger aufgehängt, die Stare vertreiben sollen. Mit so was hätte ich auch lieber meine Überstunden ausgeglichen.

Julklapp

Obwohl die Sekretärin des Chefs vor Arbeit nicht aus den Augen gucken kann, wie sie immer klagt, hat sie jetzt wieder eine Einladung an den ganzen Betrieb auf dem Computer komponiert, mit Weihnachtsbäumen und Nikoläusen und Engeln drauf. In diesem Jahr soll ein Julklapp veranstaltet werden. Ach du liebe Zeit! Ich überlege jetzt, ob ich behaupten soll, dass ich Buddhistin bin, *praktizierende* Buddhistin. Ist es wirklich wahr, dass der Buddhismus seinen Anhängern verbietet, irgendwelches Zeugs in Geschenkpapier zu wickeln und Aua-Aua-Gedichte zu schreiben? Allerdings besitze ich eine Auswahl höchst scheußlicher Dinge, die unbedingt mal unter die Leute gebracht werden müssten. Nämlich ein Gemälde, auf dem vorne sterbende Kühe zu sehen sind und hinten ein Atomkraftwerk. Meine Schwägerin nahm wohl damals an, dass ich es ins Wohnzimmer hängen würde, weil ich so »engagiert« war. Dann kann ich mir ja gleich Fotos von verhungerten Kindern an die Küchenwand nageln.

Ein Julklapp kann aber auch gelingen! Gerne denke ich an jenen Tag zurück, als ich vor hundert Jahren, damals noch Lehrerin an einer Gewerbeschule, einen Julklapp mit meiner Sonderklasse veranstaltete. Fünf Jungs und ein Mädchen aus einem Hamburger Prolo-Ghetto. Die nannten sich immer gegenseitig und geschlechtsunabhängig »Alder-du-schdinks-ja«. »Alder-du-schdinks-ja, Tom-ma-te schreibt man mit zwei Emm!« An sich verstanden wir uns gut, auch wenn ihre Scherze manchmal etwas rau ausfielen; beispielsweise forderten sie mich eines Tages auf, mich an die Tür zu stellen. »Warum?« »Jeder, der sich anner Tür stellt, kricht was aufer Fresse. Hahaha.«

Haha. Ja. Lustig, wenn man so was gut findet. Ich sage ja immer, dass Humor doch schichtenspezifisch ist. Meistens hatte ich sie aber sehr lieb, weil sie den Kollegen Herrn W. fast in den Wahnsinn trieben, indem sie ihn jeden Tag aufs Neue ausfragten, was denn die Farben auf seinem Schlips zu bedeuten hätten. Die Farben waren schwarz-rot-gold. Herr W. war auch als ehrenamtlicher Ordner auf der Dönitz-Beerdigung zugange gewesen.

Meine Ansage für den Julklapp war deutlich: Auf keinen Fall dürfte das Geschenk mehr als fünf Mark kosten. Wunderbarerweise hielten sie sich daran: Eine Schachtel Marlboro und ein Feuerzeug. Und zwar für jeden. Alle waren hochzufrieden und fanden es eine gelungene Feier. Und das war es ja irgendwie auch.

Geschenke

Die Nichten schicken mir ein handgeschriebenes Fax mit ihrem Wunschzettel zu Weihnachten. Die Jüngste wünscht sich Strefls. Strefls! Ich kann ja nicht über alles auf dem Laufenden sein, möchte das aber nicht gleich zugeben und rufe meinen Thesaurus im Computer auf. Der bietet mir Straßenkämpfe, Straps und Stratosphäre an, deshalb muss ich jetzt doch telefonieren. Die zweite Nichte ist am Telefon. Sie weiß es auch nicht, aber ich könne doch bei Karstadt anrufen, da würden sie mich bestimmt mit der Strefl-Abteilung verbinden. Es waren natürlich Stiefel.

Die anderen Sachen konnte ich gut lesen. Der Sohn der Ältesten ist sechs und wünscht sich »Spielzeugs-Autos, bis mein kleiner gelber Eimer voll ist«. Das geht ja noch. Dem muss ich immer Sachen schenken, die seine Eltern sich aus ideologischen Gründen nicht trauen zu kaufen. Im letzten Jahr war es eine Vollplastik-Autoverschrottungsanlage. Oben tat man kleine Autos rein und unten kamen kleine graue Würfel raus. Die Autos kamen natürlich auch irgendwo raus; zuviel Realismus mögen Kinder nicht leiden. Das war der Hit am Heiligabend.

Kurz vor Weihnachten gehe ich nicht mehr aus dem Hause, deshalb habe ich Lisa zu ihrem Vierzigsten auch nichts gekauft. Beinahe wäre ich gar nicht hingegangen, aber sie sagte mir vorher, dass der Hund ins Auto und die sechs Katzen in die Sauna gesperrt würden. »Welche Temperatur?« fragte ich. »Bis sie gut durch sind.«

Ich ging erst um 9 Uhr abends hin, da kommen die meisten Leute, und legte irgendwo eine lustige Karte ab, auf die ich »Viel Spaß damit« geschrieben hatte. Die Karte habe ich mal bei der Post mitgenommen, da gibt es so Ständer mit lustigen Karten, die kosten nichts. Lisa kriegte furchtbar viele Geschenke und stand ganz fassungslos davor. »Sachma«, sagte sie zu mir, »hab ich vielleicht Krebs und weiß gar nichts davon?« Ich wusste es auch nicht und versprach, mal rumzufragen. Einer, den ich fragte, kam mir irgendwie bekannt vor, dann fiel mir ein, dass ich beinahe mal etwas mit ihm angefangen hätte und dass es eine unschöne Szene gegeben hatte. Der fragte, ob wir die alten Geschichten heute nicht einfach vergessen könnten. »Klar, äh – du«, sagte ich. Ich kam und kam nicht auf seinen Namen.

Von dem kriegte Lisa einen Weihnachtsmann, der in einem Bett lag, und wenn man auf einen Knopf drückte, richtete er sich auf und sagte etwas, das sich anhörte wie »Blödes Heilfasten«. Es sollte aber »Frohe Weihnachten« heißen.

Gesang

Gott sei Dank ist Weihnachten jetzt auch im Radio vorbei. Am 24. mussten wir schon morgens beim Frühstück allen diesen Leuten in der Hamburg-Welle zuhören, die beim Rundfunk anriefen und erzählen durften, wie sie das Weihnachtsfest verbringen wollen. Dieses Mal sollten sie auch noch was vorsingen, und da kennen die ja nichts. Die meisten sangen »I am dreaming of a white Christmas«, danach wussten sie zum Glück nicht weiter. Der Rest sang »Jingle bells«. Ich glaube ja nicht, dass nach »Jingle bells, jingle bells« gleich hinterher »ramtaramtata« kommt. Die Frau vom früheren Hamburger Bürgermeister war auch dran, allerdings war die vom Moderator angerufen worden, und gesungen hat sie nicht. Sie arbeitet beim Berufsförderungswerk und berichtete von der Weihnachtsfeier, die dort für die Mühseligen und Beladenen veranstaltet worden war. »Wir haben uns gegenseitig Mut zugesprochen«, sagte sie.

Mittags fuhr ich mit der jüngsten Nichte nach Kiel zu ihren Schwestern. Der Zug war sehr voll, und es waren eine Menge Leute dabei, die in ihre Telefone sprachen. Wir sangen dann ein Lied, das fing an mit: »Sind so kleine Handys, muss man doll drauf hauen.«

Der Quasi-Schwiegergroßvater von der Ältesten sollte abends auch zugegen sein, deshalb verdrehte die Jüngste schon im Zug die ganze Zeit die Augen. Herr Dr. Merz ist 82, heißt Rudolf und nennt sie immer »kleines Prinzesschen«. (Zu mir sagt er »Jnädichste«, er kommt aus Berlin). Außerdem ist er halbblind und betrügt beim Kniffeln, weil er denkt, wenn er nicht gucken kann, dann können die anderen es auch nicht.

Die mittlere Nichte ist ein sparsamer Mensch; sie sammelte nach der Bescherung das Geschenkpapier und die Bänder ein, um alles im nächsten Jahr noch einmal zu verwenden. Eigentlich finde ich das ganz in Ordnung, meine Mutter hat es auch so gemacht. Sie hat die Bänder sogar noch gebügelt. Der sechsjährige Sohn der Ältesten hatte die Transaktionen nur ungefähr mitgekriegt und brachte einen nicht allzu zerknitterten Bogen: »Da. Den kannst du auch noch verkaufen.«

Die Jüngste ließ sich von Herrn Dr. Merz dann im Laufe des Abends breitschlagen und kniffelte mit ihm. Weil sie es nicht einsehen kann, dass er immer gewinnt, drehte sie ihre Würfel auch heimlich herum, um viele Paschs zu kriegen. Er merkte es aber und sagte nachher zu uns: »Das kleine Prinzesschen hat es aber faustdick hinter den Ohren!« Später sangen wir noch die deutsche Fassung von Rudolph the Raindeer (Rudi das Regentier), und dann war Weihnachten zu Ende.

Weihnachten

Winter! Weihnachten! Übelkeit und Erbrechen! Verschneite Straßen und Plätze! – Moment, »verschneit« ist gestrichen; schließlich ist in Hamburg nur dann Winter, wenn der Regen kälter wird. Das war nicht immer so und kommt alles von der Umwelt, denn als Kinder zogen wir noch mit Schlitten durch Altona und zockten die Nachbarn ab: »O wie klötert das in mein Butterfass.« Da gab es Bonbons, Kekse, Fünfzigpfennigstücke. Inzwischen ist »Hassu ma ne Maak« ja zum saisonunabhängigen Hit geworden, auch wenn es jetzt »fünfzig Cent« heisst.

Für mich ist jedenfalls in diesem Jahr ein ganz anderes Weihnachten angesagt. Aber was ist denn »ganz was Anderes«? War es das Fest, an dem unser Baum brannte und meine Mutter Wörter gebrauchte, von denen sie nachher behauptete, sie gar nicht zu kennen? Oder als mein Großvater – eine Seele, aber geizig wie was – meiner Großmutter ein Riesenpaket überreichte, das, ausgepackt immer kleinere Kartons zutage förderte, bis zuletzt in einer Zigarrenkiste ein Briefumschlag mit 20 Mark lag?

Unvergesslich übrigens auch jener Heilige Abend, an dem meine Schwester zu Hause Haschplätzchen verteilte. Als Erklärung für das eigenartige Aroma gab sie an, ihr sei da zuviel Kardamom reingeraten, und man solle nur ein bis zwei essen, das ginge sonst auf den Kreislauf...

Also, wie soll das kommende Fest nun gestaltet werden – heiter, besinnlich, orgiastisch? Etwa wie vor zwei Jahren, als wir Tango tanzten und dann anschließend durch das verschneite Schanzenviertel... »verschneit« ist wieder gestrichen; zumindest war der weiche Haufen, auf dem Harry ausrutschte, kein Schnee. Und in der Ambulanz in der Stresemannstraße waren die *vibrations* sowieso negativ. Mag sein, es lag daran, dass Harry dem Personal zunächst vor die Füße kotzte, um es sodann mit Schillerzitaten zu beleidigen. »Das war kein Heldenstück, Octavio!« schnauzte er den Arzt an, der eine Pinzette hatte fallen lassen, und drohte, als ein anderer Doktor mit der Spritze nahte: »Mach deine Rechnung mit dem Himmel, Vogt!« Setzte aber resigniert – wenn auch politisch nicht ganz einwandfrei – hinzu, indem er seine Hinterbacke freimachte: »Mut zeiget auch der Mameluck, Gehorsam ist des Christen Schmuck!«

Auch ich, die ich nicht den geringsten Anlass dazu gegeben hatte, bekam mein Fett ab: »Teures Weib, gebiete deinen Tränen!« Na ja, so ging es immer weiter, der Abend herum, und es war überstanden.

Mit einem Riesentamtam verließen wir das Ärztehaus – »Auf ins Feld, es geht zum Siege, Krieger, nach Valencia!« (nicht Schiller) tobte Harry noch auf der Straße. Im Taxifahrer allerdings fand er seinen Meister: »Rückwärts, rückwärts, Don Rodrigo«, ließ dieser verlauten und bugsierte ihn in den Fond, »rückwärts, rückwärts, stolzer Cid!« Auch nicht Schiller, glaube ich.

Ich selbst verfüge über eine kaum nennenswerte klassische Bildung und halte es mehr mit dem Prediger Salomo, der da spricht (Vers 12,1): »Das sind Tage, von denen wir sagen, sie gefallen uns nicht.« Und was mir nicht gefällt, das verdränge ich. Und was ich nicht verdrängen kann, das vergesse ich einfach. Weihnachten? – Pah!

Fanrg Multer

Um dem Weihnachtsquatsch in Hamburg zu entgehen, hatten wir eine Wohnung in Friedrichstadt gemietet, deren Einrichtung man ohne hinzugucken sofort in die Winterhilfe hätte geben können. Falls Sie noch wissen, was das ist.

Es handelte sich hauptsächlich um 76 tote Objekte, mal abgesehen von der Sesselgarnitur in der Farbe von Urin, wenn man zuviel gegessen und zu wenig getrunken hat, und mal abgesehen von den Raffgardinen. Eingerechnet bereits 2 Meter hohe Aspidistras, 1 Efeu, 1 von der Evolution in dieser Form und Farbe meines Wissens noch nichts Hervorgebrachtes, aber wer weiß, vielleicht kommt das noch; 1 Weihnachtsstern – alle komplett aus Plastik. Strohblumenarrangements in rund und eckig und als Strauß. Ein gewebter Wandteppich – Sujet: ein Bauernhaus, dessen beide Giebel sich auf der Vorderseite befinden, offensichtlich eine Hommage an Picasso, der ja auch gerne mal beide Augen auf nur eine Gesichtshälfte verlegt hat; Porzellanschweine, die Handharmonika spielen. Allein im Wohnzimmer befanden sich drei Mobiles. Bei jeder unbedachten Bewegung wischte man mindestens zwei Weihnachtsengel auf den Teppich, und was man mit einer Hand wieder aufstellte, katapultierte man mit dem Hintern wieder runter. Alles in allem keine reine Freude. Dafür sah ich aber pausenlos fern. Kurz vor Weihnachten habe ich meine Kiste nämlich bei der GEZ abbestellt und wollte mal prüfen, ob das vielleicht ein Fehler gewesen war. War es nicht.

Wir sind dann viel spazieren gegangen und haben uns die Fenster der Einwohner angesehen, in denen auch viel Abstoßendes zu besichtigen war. Als wir damit und mit dem Fernsehen durch waren, nahm ich mir meine Weihnachtspost vor. Seit es Computer gibt, wird eine gute Handschrift ja nicht mehr gepflegt. Mein Verleger hatte eine Karte aus Italien geschickt, die mir schon der Postbote, den ich zufällig an der Haustür traf, als er gerade wieder damit abmarschieren wollte, unter die Nase gehalten hatte: »Sagen Sie ma, wohnt hier eine Fanrg Multer?« Der Text lautete:

»Hutlo Frnny, Wir Dn siekst läußt hin crlbs Knltunprogrmmm, sogan Arch. Musemcol Herculanemm. Bin schon völlig fortag, eher guts Essen & Trinkn crr olls ist gut. Tschan bella.«

Seitdem ich das entziffert habe, fühle ich mich fit genug, um mir nächstens einen Namen zu machen mit der Entschlüsselung der Knotenschrift der Azteken, also jedenfalls mit irgendwas, das bisher noch kein Mensch hat lesen können.

Auf der Rückfahrt wurden wir von einer Dame auf dem Bahnsteig belästigt, die uns fragte, ob sie uns was schenken dürfe – aber immer! –, aber es waren keine Proben von Hormocenta oder was, sondern irgend welche Erkenntnisse, die was mit Labiallauten zu tun hatten und mit der Tatsache, dass wir seit 5000 Jahren Kriege auf der Erde haben. Dagegen kann man mit diesen Labiallauten irgendwie was machen, aber ich habe es nicht genau verstanden, und so direkt war ich auch nicht interessiert. Soviel ich weiß, habe ich noch keinen Krieg angefangen, und wieso soll ich dann einen beenden? Ich bin ja immer mehr für das Verursacherprinzip gewesen.

Übrigens hatte ich bei meiner Heimkehr – Überraschung! – einen Anruf auf dem Anrufbeantworter von einem Umfrage-Institut. Welche Programme ich so gucken würde.

Tanzen und Toben ohne Weiber

Im Februar 45 schrieb meine Mutter an Oma: »Danke für die Wolle, ich habe den Kindern Socken gestrickt. Hoffentlich setzt der Führer bald die Wunderwaffe ein.«

Schon Opa hatte einen Lehrer, der seinen Kopf im Krieg 70/71 gelassen hatte. Ein Unteroffizier, der die Knaben nicht nur am Sedan-Tag mit Holzknüppeln exerzieren ließ. So war Opa körperlich als auch mental gut auf den 14-18er vorbereitet.

Auf den 39-45er war Opa als Ortsgruppenleiter ebenfalls bestens vorbereitet, durfte aber nicht mit, weil er schon zu alt war. Dafür durfte er aber zur Entnazifizierung antreten. Die fand im Sommer 45 in der Lüneburger Heide statt. Dort befand er sich in der Gesellschaft Gleichgesinnter, was auch prima war als Ersatz für die versäumte Kameradschaft im Schützengraben. Der Unterhaltungswert – insbesondere für spätere Erzählungen – war zwar nicht so hoch wie wenn neben ihm die Jungs reihenweise plötzlich ohne Kopf dagesessen hätten, aber es war schon klasse: Wohin das Auge blickte, keine Weiber, die einem in alles reinredeten. Mein Vater war im Kriege in einem Kaff namens Tutow stationiert, das die Soldaten »Tanzen Und Toben Ohne Weiber« nannten.

Das ist auch einer der Hauptgründe, warum Kriege für Männer schön sind. Dazu kommt zweitens noch jede Menge Technik, angefangen von den Armbrüsten bis hin zu all den Flugzeugen und Raketen, deren Namen ich mir nicht merken kann. »Cruise midlives«, wie meine Nachbarin neulich sagte.

Was drittens eine große Rolle spielte, dass nämlich junge Männer zum ersten Mal aus ihrem Dorf raus kamen und zwar für umsonst, wenn man mal beiseite lässt, dass es meistens der Tod war, der umsonst war, der Reise-Aspekt also dürfte heute als marginal anzusehen sein. Greifen Sie sich auf der Straße irgend ein beliebiges Arschloch heraus, und ich schwöre Ihnen, das ist schon überall gewesen.

Was der Krieg weiterhin verspricht, ist viertens Abenteuer unter Lebensgefahr. Kann man aber schneller haben, wenn man sich irgendwo in Amerika eine Zigarette ansteckt. Und alles *unter* diesem Level gibt's auch schon: Bungee-Jumping, Wildwasser-Rafting und alle die Sachen, die hinten mit -ing aufhören wie sharping; ausgenommen vielleicht shopping and fucking.

Apropos: Fünftens darf man Kavaliersdelikte begehen, für die man zu Hause weggesperrt werden kann – jetzt verstehe ich überhaupt erst, warum so viele Leute scharf sind auf Bodentruppen: Vergewaltigungen und Häuser anstecken und Untermenschen abknallen macht ja nur dann wirklich Freude, wenn es nicht virtuell ist.

Was man sechstens auch gerne mal im Zusammenhang mit Krieg hört, ist: »Die eigenen Grenzen kennen lernen«, und damit sind nicht die deutschen Grenzen gemeint, die kann man ja gar nicht richtig kennen lernen, weil sie im letzten Jahrhundert alle naslang verschoben worden sind. Nein, es geht hier um die persönlichen Grenzen. Männer möchten ihre persönlichen Grenzen kennen lernen. Auf Anfrage kann ich zwar jedem auf der Stelle seine Grenzen zeigen, aber mich fragt ja keiner.

Zusammenfassend ist zu sagen, dass Krieg nur für Männer schön ist. Frauen kriegen im zweitschlimmsten Fall ein Telegramm von Sharping oder Strucking oder wie die alle heißen, und im schlimmsten Fall müssen sie sich die nächsten 30 Jahre Geschichten anhören, die anfangen mit »Damals im Kosovo, damals in Afghanistan, damals in...«

Ordensflut

Die »Flutkatastrophe« an der Oder hat ja eigenartige Erscheinungen hervor gebracht. In einer Soli-Sendung von N3 haben vier Katzen 25 Euro gespendet (süß!), und die *Bild*-Zeitung sah sich plötzlich in der Lage, in einem einzigen Satz einen Konjunktiv (ich habe immer geglaubt, deren Computer schmeiße so was gleich raus) sowie zwei Fremdwörter unterzubringen: »... der Bundesinnenminister habe sein Ressort angewiesen, die Modalitäten zur Vergabe einer Auszeichnung ›Fluthilfe Oder‹ zu prüfen.« Vorher wird aber noch gesagt, dass es die Helfer bei der Flutkatastrophe seien, die »möglicherweise« einen Orden erhalten werden. Katzen kriegen keinen.

Merkwürdig, der deutsche Volksmund hat zum Thema Orden nichts zu bieten. In meinem Sprichwörterbuch klafft zwischen »Oportet ist ein Brettnagel« und »Ordnung ist das halbe Leben« eine Lücke, und aus dem Lexikon erfahre ich nur, dass die deutschen Kriegsorden seit 1957 wieder getragen werden dürfen bzw. dass die Schweiz keine Orden vergibt, noch nicht mal für Lawinenhelfer. Das Handbuch für Psychiatrie bringt einen auch nicht weiter. Da muss man dann wohl selber mal nachdenken, nämlich darüber, wie so ein Orden aussehen könnte. Dreimal gebrochener Deich mit zween gekreuzten Spaten zum Zeichen der Gnade? ARD & ZDF & Eichenlaub & Mikro? Oder bloß ein schlichter Sandsack? – Sausack? Dummbeutel mit integriertem Sommerloch? Lassen wir uns überraschen. Fast noch wichtiger ist doch die Frage, zu welchen festlichen Anlässen diese Orden anzulegen sind. Da die Mehrzahl der Auszuzeichnenden Soldaten sind, würde ich vorschlagen: beim Einmarsch in die Tschechoslowakei (Tschulligung, kann mir die neuen Namen der neuen deutschen Ostgebiete nie merken). Erstens braucht die sowieso mehr Hilfe, und zweitens hat die sowieso schuld, man denke nur mal an das abgeholzte Riesengebirge – das musste ja so kommen!

Später helfen wir dann Polen. Holland und Belgien sollen ja auch gefährdet sein. Und danach die ganze Welt.

Gottkrieg

Ist dies ein richtiger Krieg?« hatte ich in meiner Schusseligkeit gelesen, aber in Wirklichkeit hatte die *Bild*-Zeitung damals gefragt: »Ist dieser Krieg richtig?« 50 »Prominente« antworteten, beispielsweise Jan Ullrich (25), Tour-de-France-Sieger 1997: »Mein Sport ist nur auf friedlichen Straßen möglich. Wo Bomben fallen, hat der Sport verloren. Deshalb bin ich für schnellen Frieden auf dem Balkan...« Auch'n Argument. Ungefähr so einleuchtend wie »Ich trinke Jägermeister, weil...« Oder Oliver Bierhoff (30), Kapitän der Fußballnationalmannschaft: »Es ist nie schön, wenn es Krieg gibt ... so ist dieser Krieg wohl die letzte Möglichkeit. Die Politiker haben sich das ganz genau überlegt.« Genau! So wie Politiker das immer machen, das ist bekannt: genau überlegen, ob das Kapital das auch gut findet, und dann Hau rein Kapelle.

Auch »Weltmeister« Sepp Maier (55) sagt was:« Solange es so verrückte Menschen gibt, gibt es auch keine andere Möglichkeit. Milosevic ist vergleichbar mit Saddam. Man kann doch nicht einfach plündern und morden.« Sepp! Du Depp! Man kann! Man kann! Man konnte schon immer und zwar – Du wirst es nicht glauben – irgendwie ganz einfach.

Gotthilf Fischer (71), Chordirektor, ist auch mit dabei: »Alle Menschen sind Brüder und Schwestern. Es muss jemanden geben, der es ihnen auch vermittelt. Dieser Diktator ist der Falsche...« Tja, diese falschen Diktatoren – immer dasselbe –, die haben die Bruder-Schwester-Nummer noch nie richtig hingekriegt.

Fällt mir ein – gegen diesen Gottkrieg Fischer müsste eigentlich auch mal was gemacht werden. Gibt es für solche Menschen nicht Musiktherapeuten?

Für die Soldatenfamilien gibt es jetzt ja Soldatenfamilientherapeuten und ein Nottelefon und alles. Sehr eigenartig finde ich, dass hier schon gejammert wird, ehe überhaupt ein einziger deutscher Soldat abgemurkst worden ist. Wobei das mit dem Abmurksen ja ganz normal ist. Die sind da doch alle freiwillig hingegangen, und es gibt auch Informationen darüber, dass, wenn Soldaten einen Krieg mitmachen, sie eventuell ohne einige lebenswichtige Teile wieder nach Hause gebracht werden. – Ich meine, wenn ich auf Bademeister lerne, dann muss ich damit rechnen, dass ich irgendwann mal nass werde.

Nach wie vor

Mein Beitrag zum Thema Terrorismus ist sehr kurz. Als ich vor etwa vier Monaten meinen Frühjahrsputz machte – genau genommen war es der Frühjahrsputz für 2001, wenn ich mal ehrlich bin –, da fand ich ein Dokument, das stammte noch aus dem Jahre 1986; damals war ich Lehrerin an einer Gewerbeschule und hatte ab und zu mal Zoff mit den Betrieben. Ein Handwerksmeister schrieb an meinen Direktor:

»Ich wäre Ihnen sehr zu Dank verbunden, wenn Sie mir mitteilten, ob die Lehrerin Frau Müller, welche sich selber als Kommunistin bezeichnet hat, nach wie vor an Ihrer Schule beschäftigt ist und ob nach wie vor damit zu rechnen ist, daß Frau Müller, wenn zum Beispiel zwischen dem Betrieb und dem Lehrling Unklarheiten bezüglich der Führung von Berichtsheften auftreten, welche ohne weiteres zwischen Betrieb und Lehrling geregelt werden könnten, durch Frau Müller ein in Hamburg als alternativ bekanntes Anwaltsbüro, welches in der Regel Terroristen und gewalttätige Demonstranten verteidigt, zur Lösung dieser Probleme empfohlen und eingeschaltet wird. Ich möchte Sie bitten, mir mitzuteilen, ob diese Lehrerin nach wie vor als Vertrauenslehrerin fungiert, somit nicht dazu beiträgt, das Demokratische Verhältnis in diesem Lande zu stärken, sondern Terrorismus zu schüren.«

Tja, ich habe schon so und so oft versucht, Terrorismus gegenüber demokratischen Verhältnissen zu schüren, aber es ist mir noch nie gelungen.

Vierundachtzig

Das war an dem Tag, als in Hamburg Sommer war. So gegen vier Uhr nachmittags gehe ich mit einem Buch rüber ins Cafe auf dem Gelände des Altenheims. Da backen sie den Kuchen selbst, man kann draußen sitzen, und um diese Zeit ist es oft leer, weil es bald Abendbrot gibt.

Heute habe ich Pech. Ein rüstiges Seniorenpaar, wie ich schreiben würde, wenn ich fürs *Hamburger Abendblatt* schreiben würde, sitzt samt mittelalterlicher Tochter am Nebentisch. Vater, trotz seiner vierundachtzig und regelmäßiger Betablockerzufuhr, wie ich bald erfahre, hält sich aufrecht wie 'ne Eins und führt das Wort, während Mutter, quasi unsichtbar, sich in eine eigene Welt verkrümelt hat, was in den letzten sechzig Jahren vermutlich die beste Strategie gewesen ist. Jetzt geht die Tochter aufs Klo. Der Vater: »Mutter! Du warst doch gestern auf Gretels Geburtstag. Erzähl doch mal!« Mutter: »Pieps.« Vater: »Gretel hat doch bestimmt wieder diesen Käsekuchen gebacken. Haben die anderen auch was mitgebracht? Die Kinder waren wohl auch da.« Mutter: »Pieps.« Vater: »Letztes Jahr war ich noch mit. Da hat Gerhard auf dem Harmonium gespielt. *Das* kann er ja.« Mutter: »Piepspieps.« Vater: »Das glaub ich nicht. Das macht er doch immer.«

Die Tochter kommt zurück und wirft einen unauffälligen Blick auf ihre Armbanduhr. Vater: »Monika!« Die Tochter fährt zusammen. »Monika! Mutter hat gerade von Gretels Geburtstag erzählt. Mutter, erzähl doch mal! Gretel hat wieder die Käsetorte gebacken und Gerhard...«

Da packe ich meine Sachen zusammen und gehe nach Hause, um vor der Haustür sozusagen vom Regen in die Traufe zu kommen. Eine Uralte steht davor, an ein Gehbänkchen geklammert. »Ich bin vierundachtzig!« bellt sie mich an, »ich hab Gicht und Rheuma!« Ähm, ja, das tut mir echt leid und so, »... aber bei dem Wetter geht es Ihnen doch sicher besser...?« »Schlechter!« brüllt sie. »Wollen Sie ... soll ich Sie ... wo gehen Sie denn hin?« »Ich geh nirgendwo hin! Ich wohn inn Pflegeheim! Da is meine Todeskammer!« Dagegen kann man schlecht was sagen. Und was Gutes kann man auch nicht dagegen sagen. Ich ergreife die Flucht: »Ich muss jetzt rein, Essen kochen...« »Das ist ja auch wieder nichts«, schreit sie, »kurz vorm Zubettgehen. Da isst man nichts mehr!« Auch wieder wahr. Nur, dass mir noch keiner Valium reinstopft und mich um sechs Uhr ins Bett bringt. Lieber Gott oder wer auch immer das regelt: Lass mich nicht älter als dreiundachtzig werden.

Scheidung

Männer machen einen bloß krank!« hatte Mutter schon in jungen Jahren prophezeit. Nicht in ihren, sondern in meinen jungen Jahren, als ich noch mit den Masern zu kämpfen hatte und ihre Worte auf den Doktor bezog. Solche Warnungen nützten selbstverständlich auch später nichts. Zügig schritt ich zum Altar bzw. zum Standesamt, denn eine kirchliche Trauung hätte ich nicht ertragen; meine Schwiegermutter pflegte schon bei Fernsehhochzeiten zu heulen wie ein Kojote. Sie gehörte noch zur alten Schule, die einem beibringen will, wie man unschuldige weiße Taschentücher mit pinkfarbenem Garn breitrandig umhäkelt, damit sie auf gar keinen Fall zu irgend etwas zu gebrauchen sind.

Als ich anderthalb Jahre später noch zügiger zum Scheidungsanwalt schritt, sagte sie dann auch, dass Gottes Segen gefehlt hätte, während meine Mutter sich heldenhaft ein »Ich hab's ja gleich gesagt« verbiss und mir das nötige Geld vorstreckte. Geld war nämlich keines mehr da, weil mein Gatte es, während ich mit unklaren Beschwerden im Krankenhaus lag, 1-a-klischeemäßig in Bars und mit Barfrauen verjubelt hatte, denen er erzählte – und die es später mir erzählten –, dass ich ihn nicht verstünde. Das entsprach durchaus der Wahrheit, ich verstand ihn wirklich nicht. Ich verstand nicht, dass er solche tausendfach in Büchern beschriebenen, in Sketchen vorgeführten und in Witzen mitgeteilten Dummheiten von sich geben konnte. Immerhin hatte er das Abitur. Heute weiß ich natürlich, dass Männer alles, was sie lesen, sehen und hören, auf der Stelle als ihr eigenes geistiges Eigentum adaptieren und unerschütterlich daran glauben, dass ihre Dummheiten einmalig und just in diesem Moment von ihnen höchstpersönlich erfunden worden seien. Allerdings nennen sie es nicht Dummheiten.

Ich forderte also die Scheidung, womit er gar nicht einverstanden war und mehrere dumpfe Sätze ausstieß, die meistens etwas mit seinem Freitod, wahlweise Aufhängen oder Erschießen, zu tun hatten. Darauf gab ich nicht viel; er hatte seine Versprechen bisher auch höchst selten gehalten.

Ein wenig bedauerte ich es, dass diese Ehe nicht mit Kindern gesegnet war – das hätte ihm anläßlich meines Scheidungswunsches die Gelegenheit gegeben mit »Die Kinder bleiben natürlich bei mir« zu drohen, und es hätte mir die Gelegenheit gegeben mit »Aber gerne!« zu kontern.

Zwanzig Jahre vergingen. Er war inzwischen bei einer

Zeitung tätig geworden, die zu kaufen niemand zugibt, die aber trotzdem eine Auflage in Millionenhöhe hat und auch angeblich gerne wegen der Sportseiten gelesen wird. »Geheimnisvolle Frauenkrankheit – schon Tote?« hatte er unter anderem getitelt. Das war ein Fehler, denn kurze Zeit später raffte ihn eine geheimnisfreie Männerkrankheit – Suff, schätze ich – in der Blüte seiner Jahre dahin. »Wenn du bei dem geblieben wärst, hättest du heute mit Sicherheit eine prima Rente«, sagte eine Freundin. Mit Sicherheit? – Mit Sicherheit hätte ich heute eine prima Frauenkrankheit.

Krempelgruft

Jetzt habe ich also noch zwei Benimmbücher gekauft. Eins hatte ich schon, dem konnte ich entnehmen wie z.B. mit Hausangestellten umzugehen ist.

Ratsam ist es, keine übertrieben vertraulichen Scherze mit ihnen zu treiben. Da ich zu übertrieben vertraulichen Scherzen neige, habe ich zum Glück keine Hausangestellten. Außerdem war mir bekannt, dass das Besteck von außen nach innen abgegessen werden muss. Wo ich aber immer wieder mal gern nachgesehen habe: der Handkuss. Merke – nur in geschlossenen Räumen und nie über den Tisch hinweg. Übrigens auch nicht unter dem Tisch. Diese Information nützt mir persönlich nicht viel, denn ich selbst habe seit langem keine Handküsse mehr gegeben, aber ich erinnere mich noch daran, als ich zum ersten Mal einen bekam – ich war so überrascht, dass ich »Achwas!« zu dem betreffenden Herrn sagte.

In meinem neuen Benimmbuch steht drin, wie man sich bei Nachbarn vorstellt, wenn man frisch eingezogen ist. Sie nehmen also Ihre Kinder mit und sagen »Guten Tag. Wir sind Anna und Otto Lehmann. Dann haben wir noch Kinder, das sind der Tim, die Jessica und der Pascal.« Das ist nur ein Beispiel. Sie müssen natürlich Ihre richtigen Namen sagen, und die Artikel können Sie bei den Kindern auch weglassen, und Ihre Kinder heißen hoffentlich anders.

Das dritte Benimmbuch ist eigentlich kein richtiges Benimmbuch, sondern enthält Reden für Trauerfälle. Achtung: auch hier daran denken, die Namen auszuwechseln! Obwohl die Namen hier allesamt gelungen sind – Hermann Müller, der verhinderte Frontsoldat aus der Gießerei; Frau Sulzmann-Schwarz, die Gattin des Unternehmensberaters; Herr Adalbert Menger, der Kapitalist aus Tegernsee, und Karlheinz Meier, der wo? – in der Kesselstation in Bischofsheim seinen Verletzungen erlag. Sehr hübsch auch die Namen der Ärztemafia oder des Vereinsbruders aus dem Turnverein.

Aber sehen Sie selbst:

»... und wir sollten gerade in diesem Schmerz Herrn Dr. Walter vom Städtischen Krankenhaus für seinen selbstlosen medizinischen und menschlichen Beistand danken, den er...«

»Auch du, liebe Inge, hast – fassungslos wie wir – erleben müssen, dass eine heimtückische Krankheit ... Krebs! Diese Diagnose von Dr. Wiedenhof hat uns wie ein Schlag...«

»... uns so hilfsbereit und tröstend zur Seite standen: Herrn Dr. Ulrich für den ärztlichen Beistand, Herrn Pfarrer Sonn für die zu Herzen gehenden Worte am Grabe, dem Beerdigungsinstitut Schubert für die würdige Durchführung der...«

»... der langjährige Mitarbeiter unserer Gießerei. Hermann Müller gehörte in diesem Betrieb zu den Männern der ersten Stunde. Er trat in einem Zeitpunkt in die Firma ein, zu dem viele Mitarbeiter an der Front ihren Dienst leisteten« (ein Fakt, der etwas später noch als

»diese unseligen Geschehnisse« bezeichnet werden wird).

»Sehr geehrte Frau Sulzmann-Schwarz, verehrte Kolleginnen, liebe Kollegen ... Herr Sulzmann war schon lange Jahre in freiberuflicher Beratertätigkeit unserem Unternehmen verbunden. Aus dieser Zeit stammte auch das PR-Konzept für unsere Firmengruppe, das auf die Inhaberfamilien so überzeugend wirkte, dass...«

»... in großer Trauer ... Abschied von einer großen Unternehmerpersönlichkeit. Herr Dr. h.c. Adalbert Menger ist im Alter von nur 68 Jahren in seinem Ferienhaus am Tegernsee an den Folgen eines schweren Herzanfalles... Herr Dr. Menger hat die Allinvest-Firmengruppe zu ihrer heutigen Bedeutung...«

»... Karlheinz Meier, der an den Folgen der schweren Verletzungen ... vor fast drei Wochen in der Kesselstation unserer Zweigniederlassung in Bischofsheim...«

»... Turnverein Stockstadt 1928 trauert mit Ihnen um unseren verdienten und beliebten Turnbruder Willi Stumpf, der...« (auch Willi Stumpf ein Mann der allerersten Stunde, der nach dem Krieg für den Neuanfang in der Turnerschaft...)

»... unser Hansi ist tot. Er ist gestern Abend auf der Rückfahrt von der Disko mit seinem Motorrad ... und können uns das Leben in unserer Landjugend ohne unseren Hansi kaum vorstellen...«

Was man sich auch gar nicht vorstellen kann, das ist die Todesanzeige im *Hamburger Abendblatt*, die seine Firma Herrn Roepke spendete:

»Roepke 2000, der Karton mit dem reißfesten Krempelgriff, wird weiterleben. Sein geistiger Vater aber

Gustav Adolf Roepke

ist leider am 7. Oktober von uns gegangen.«

Und ruht jetzt wahrscheinlich in seiner reißfesten Krempelgruft.

Aus der Reihe Critica Diabolis

21. Hannah Arendt, Nach Auschwitz, 13.- Euro
36. Eike Geisel, Die Banalität der Guten, 13.- Euro
45. Bittermann (Hg.), Serbien muß sterbien, 14.- Euro
47. Georg Seeßlen, Tanz den Adolf Hitler, 14.- Euro
55. Wolfgang Pohrt, Theorie des Gebrauchswerts, 17.- Euro
57. Georg Seeßlen, Natural Born Nazis, 14.- Euro
60. Guy Debord, Panegyrikus, 16.- Euro
65. Guy Debord, Die Gesellschaft des Spektakels, 20.- Euro
71. Kay Sokolowsky, Who the fuck is Alice Schwarzer, 5.- Euro
73. Robert Kurz, Dabeisein ist alles, ca. 14.- Euro
75. Eike Geisel, Triumph des guten Willens, 5.- Euro
77. Fritz Eckenga, Ich muß es ja wissen, 12.- Euro
80. Das Who's who peinlicher Personen, Jahrbuch 98, 5.- Euro
83. Roger Willemsen, Bild dir meine Meinung, 10.- Euro
86. Wie Dr. Joseph Fischer lernte, die Bombe zu lieben, 15.- Euro
87. Bittermann, It's a Zoni, 10 Jahre Wiedervereinigung, 5.- Euro
88. Das Who's who peinlicher Personen, Jahrbuch 99, 5.- Euro
89. Henscheid, Meine Jahre mit Sepp Herberger, 5.- Euro
90. Wiglaf Droste, Bombardiert Belgien! 14.- Euro
91. Fritz Tietz, Die Kunst einen Papst zu erlegen, 5.- Euro
93. Klaus Bittermann (Hg.), Meine Regierung, 5.- Euro
95. Das Who's who peinlicher Personen, Jahrbuch 2000, 5.- Euro
97. Wolfgang Nitschke, Bestsellerfressen II, 13.- Euro
98. Guy Debord, Potlatch, Lettristische Internationale, 22.- Euro
99. Wiglaf Droste, Die Rolle der Frau, 14.- Euro
100. Jon Savage, England's Dreaming, Sex Pistols, 29.- Euro
101. Hartmut El Kurdi, Mein Leben als Teilzeit-Flaneur, 13.- Euro
102. Das Who's who peinlicher Personen, Jahrbuch 2001, 5.- Euro
103. Georg Seeßlen, Der Tag als Mutter Beimer starb, 17.- Euro
104. Harry Rowohlt, Ralf Sotscheck, In Schlucken-zwei-Spechte, 17.- Euro
105. Jean-Michel Mension, Die unfertigen Abenteuer, 17.- Euro
106. Seeßlen & Metz, Krieg der Bilder, Bilder des Kriegs, 14.- Euro
107. Michela Wrong, Auf den Spuren von Mr. Kurtz, 19.- Euro
108. Rebecca West, Schwarzes Lamm und grauer Falke, 20.- Euro
109. Wolfgang Nitschke, Bestsellerfressen III, 13.- Euro
110. Guillaume Paoli (Hg.), Texte der Glücklichen Arbeitslosen, 14.- Euro
111. Wiglaf Droste, Der infrarote Korsar, 14.- Euro
112. Fanny Müller, Für Katastrophen ist man nie zu alt, 13.- Euro
113. Vincent Kaufmann, Guy Debord – Eine Biographie, ca. 26.- Euro
114. Folckers & Solms, Subversive Kinderbücher, ca. 13.- Euro

Internet: http://www.txt.de/tiamat